中国小小说金麻雀获奖作家文丛·黄建国卷

黄建国／著
杨晓敏 刘海涛 秦俑／主编

一树蝴蝶

世界图书出版公司
广州·上海·西安·北京

作者简介

黄建国，男，1958 年出生，陕西乾县人。兰州大学中文系毕业。现为长安大学文学艺术与传播学院教授、硕士研究生导师，中国作家协会会员，教育部戏剧影视广播类专业教学指导委员会委员，陕西省写作学会副会长，陕西省作家协会中短篇小说委员会委员，陕西省影视专家审查小组成员，郑州小小说学会副会长。发表学术论文 20 余篇，出版小说集《蔫头耷脑的太阳》、《谁先看见村庄》等。曾获西安第六届文学奖、陕西省作家协会双五文学奖、首届《北京文学 · 中篇小说月报》奖、首届中国小小说金麻雀奖。

[金麻雀奖简介]

为了倡导和规范小小说文体，推介名家，遴选精品，2003 年，由《小小说选刊》、《百花园》、《小小说出版》、郑州小小说学会联合设立了“小小说金麻雀奖”。该奖项以每位作家在规定年度内创作发表的 10 篇作品为参评单元，同时参照作家的整体创作实力进行评选。第一届评选时间为 1982~2002 年度，共评选 10 人；以后每两年评选一届，每届评选 5 人。此奖项虽系民间发起，但因其全国性、权威性和公正性，已经成为中国当代文学富有影响力的重要奖项之一。

[历届金麻雀获奖作家]

第一届（1982~2002）

王　蒙　冯骥才　林斤澜　许　行　孙方友
王奎山　侯德云　刘国芳　陈　毓　黄建国

第二届（2003~2004）

邓洪卫　宗利华　刘建超　蔡　楠　刘黎莹

第三届（2005~2006）

于德北　谢志强　孙春平　聂鑫森　陈永林

第四届（2007~2008）

沈祖连　申　平　魏永贵　非　鱼　周　波

[中国小小说金麻雀获奖作家文丛]

冯骥才　《快手刘》
许　行　《白雪雕像》
孙方友　《富孀》
王奎山　《乡村传奇》
侯德云　《你要深情地看着我》
刘国芳　《风铃》
陈　毓　《美人迹》
黄建国　《一树蝴蝶》
邓洪卫　《初恋》
宗利华　《蓝颜知己》
刘建超　《朋友，你在哪里》
蔡　楠　《水家乡》
刘黎莹　《上钩的鱼都很美丽》
于德北　《百合花布》
谢志强　《桃花》
孙春平　《讲究》
聂鑫森　《大师》
陈永林　《红乌鸦》
沈祖连　《前朝遗老》
申　平　《猎豹》
魏永贵　《先生》
非　鱼　《来不及相爱》
周　波　《左边的风景》

见微知著与文学意味

——黄建国小小说印象

杨晓敏

十多年前我在阅读《好牛》这篇小小说作品时，便记住了作者黄建国的名字。在千把字的篇幅里，作者或许觉得描写牛和豹子的遭遇战太过铺张或易于写实，仅让主人公打盹过后见到的场景是：“牛豹对峙”，而“豹子咽喉处有一个窟窿，汩汩往外冒血，牛的眼睛布满血丝”。作者隐去了血腥的过程，撩拨的是读者的解读欲望。作品并没有因此而嘎然止处，留下一阔大的想象空间供读者猜谜团，而是安排这条头上一度冒出神奇光环令主人公陶醉无比的“好牛”踏着夕阳归来，蓦然间看见已经挂在墙壁上的豹皮时，顷刻间掉头鼠窜，以至于一头撞在石头上毙命。这一情节的设置相当精彩。作为胜利者的牛，为什么依然还这么恐惧失去生命的豹子？刚刚过去的那场搏斗，究竟给牛留下了什么样的记忆？于是小说的意味弥漫出来了：关于人性、动物性的思考便会在读者脑海里氤氲而起。

长期以来，囿于小小说作品的承载量问题，一直影响着掌握主流话语权的人对此给予积极评价，小小说似乎成了文学入门练笔的代言词。众多小小说写作者为创作出“思想内涵与艺术形式”兼具的作品而进行着不懈努力，功夫不负有心人，数年过去，盘点当代小小说创作，能真正体现“以小见大”、“微言大义”的经典小小说，早已不再是凤毛麟角般可遇不可求，那些精妙绝伦的作品读者都耳熟能详。继《好牛》之后，黄建国着手创作出了“梅庄”系列，其中《谁先看见村庄》更是令人过目不忘的杰作，一经发表便在小小说读写领域产生了轰动效应。该篇的主题一点儿也不回避社会重大题材中的热点问题，让一双打工妹从繁华南国归来面对自己的故乡时，通过迟疑的脚步和迷乱的目光，进行瞬间的心理拷问，借此激荡出生活大潮中斑驳眩人的浪花。《谁先看见村庄》立意深远，人物形象富有复杂内涵，尤其把主人公那种欲说还休的忐忑心情，刻画得细腻到位。作者的创作情绪丰沛饱满，始终洋溢着对弱势群体的善意理解和体恤尊重。

黄建国曾在新世纪的前几年时间里，一鼓作气地写出了数十篇独具特色的精短佳作，并在2003年的首届小小说金麻雀奖评选中摘取桂冠。他在随笔里写道：小小说作为一种独立文体，用一个也许不太恰当的比喻，它就像针孔摄像头，能把生活中最细微、最隐秘、最柔软的东西捕捉到，所以，小小说应该，也必定是生动的、独特的。这是小小说的优势，也是它受到读者大众喜爱的一个重要原因。但是，创作者如果不能正确把握,其作品就有仅仅流于故事的可能。故事可以到趣味为止，或离奇惊险，或曲折多变，或出人意料，或巧设结局等。对故事而言，这些也就够了。但小说到这里并没有完成，因为小说必须有意味。意味涵盖趣味，除了使人愉快、有吸引力、使人感到有意思之外，还包含有寻味、激发人的想象等更为丰富的内容。意味是一切文学作品的应有之义，是各种艺术形式的基本品格。黄建国曾在中短篇、诗歌、散文创作中均有不俗成就，在“客串”小小说写作上，以自己明晰的认识进行着得心应手的实践。

《谁先看见村庄》、《教育诗》、《好牛》等篇什流传甚广，可以看作是黄建国对小小说文本写作的一种贡献。简单的人物，简单的情节，在看似琐细的生活中逐渐展现人物性格。黄建国熟悉农村、农民，因此能够准确地把握当代农民的真实心理。他的作品深入到民族的深层次文化心理中去，传达思想及生命的细微之处,重趣味,更重意味,“意味涵盖趣味”。《好牛》的语言精美，极富弹性，尤其是心理描写和对话的运用，扩展了生活的空间，并给读者留有想象余地。情节平淡中见波澜，不着痕迹地起伏着。《谁先看见村庄》质朴而逼近生活，具有浓厚的原生态味道，虽写小人物却有沉重之感，道出了生活的深切况味。《教育诗》是对人生、社会与民族性格深入思索的结晶，揭示和探讨的是我们传统文化中纵深处的某种积淀。《陌生人到梅庄》极见白描功夫，叙述不温不火，韵味十足，连句子也尽量简短。一个外地人突然造访僻静的山村，宛如一石激起千层浪，一时间猜疑声四起。而主人公马堂最后却轻松地揭开了谜底，令读者在释然中又陷于思考：这种偶然中见必然的结局，到底折射出什么样的生活气息？还有《打嗝儿》、《一个玩笑》、《最后一只红富士》等琳琅满目的佳作，共同构成了一个“小小说客串写作者”的立体高度。他的作品在内容开掘上具有严谨思辨的品质，形式上注重充分调动与题材相适应的艺术表现手法，在小小说作家中有不可替代性。

（杨晓敏，现任河南省作家协会副主席，《小小说选刊》、《百花园》主编，曾荣获“小小说事业家”等荣誉称号）

目　录

第一辑　在路上

第二辑 | 蝴蝶飞往哪里

第三辑 | 白天与黑夜

第四辑 生活方程式

第五辑 东西南北

第六辑 | 乡关何处

第一辑　在路上

村庄在前面。

二亚们还没有看见村庄，仍然在路上行走。

爷爷和孙子在行走。陌生人在行走。梅根劳和他瘫痪的婆娘杨菜花、梅叶丽和她亲爱的先生强小强……都在行走。

文明与落后，城市与乡村，现代与传统，灵魂与肉体，自由与羁绊，这一切纠缠在一起，相互冲突、碰撞、博弈，生发出一个多元的世界。

因为借助于“寓言化”的叙述效果，小说中的小人物，就能涵盖人所共有的心理结构、精神特质和情感取向；小故事，就能拓展为深广的人类普遍性情境；小村庄，就能展示出辽远宏阔的大天地。

村庄是一个象征。

村庄是温暖的么？

村庄是安宁的么？

村庄是可以安妥我们灵魂的么？

谁先看见村庄

她们回来了。她们不久将会看见自己的村庄。几分钟以前，长途汽车嘎一声停靠，她们从窗口扔下大包小包，匆匆挤出车门。汽车重新启动，拖一股蓝烟，拐过沟岔不见了。一会儿，她们要跨过干涸的沟川，沿着对面那条蜿蜒的小径爬上去，然后，就能看到她们的村庄了。她们从南方赶回来过年，带着一大堆颜色鲜艳的包裹行李。

她们站在路边四下张望。才五点钟刚过，太阳就已经看不见了，只在东边的沟坡上残留一些余晖。沟川里静得很，雾气弥漫，既朦胧又透明，让人感到幻景幻影又地老天荒。她们觉得这个地方好像不在地球上，不在世界上一样。但是她们知道，感觉归感觉，这里依然是她们熟悉的所在。因为在将近两年的时间里，村庄，沟川，羊肠小道，它们曾经那么执拗地，记不清有多少次，在她们遥远的异乡的梦中出现过。

她们不急于爬沟。她们需要平息一下心情，定一定神。再说，她们后头还要进行一场比赛，看谁先爬上沟坡，第一个看见村庄。这是她们的约定。

现在，她们走到了沟川的西边，抬头打量那条像被野风吹得弯弯曲曲的灰布带一样的路。就是它，那么亲切地通向坡顶，通向她们的村庄。

“我不知道为啥我一点也不激动，”她们中的一个说。“我想我们应该是激动的呀。你说这是为啥呀二亚？”

二亚说：“你鬼迷心窍！我的心扑通扑通乱跳哩。你想想，为了省路费，咱们去年就没有回来，快两年了啊。我不知道我一走进家门会是啥情景，先叫爸还是先叫妈？”

不叫二亚的姑娘没有应声。她感到领口和袖口那儿有些冷。刚下车的时候，凉风扑面，怪舒服的，现在，这风突然间又凶又硬，冷刮刮的。内衣好像还沾了汗，贴在身上，风灌进来，说不出的难受。她左右拧一拧身子，把脖子往下缩了一大截。

“你看你，”二亚说，“到家门口了反倒没个形了。”

“我冷。”她说。

二亚也感到了冷。她伸出手去试一试风。她把双手举到面前，翻看自己的手心手背。她往手心里呵了一口气。

“我不想看见我妈的手裂的口子，”二亚说，“我妈每年冬天两只手都裂成了锯齿，她整天疼得吸溜吸溜的。”

不叫二亚的姑娘也张开自己的手指看。她说：“这就叫无奈。你又不是不知道，再好的手，不出一个星期，就粗糙得看不得了。二亚你等着看。”

“我想哭，”二亚说。她佯装成哭的样子，啊呜了一声，但她马上又嘲笑自己说：“我这是干吗呀，神经兮兮的。”这时候她担心起另外一些问题来。

“咱们寄的钱，家里会不会有没收到的？”

“不会。”不叫二亚的姑娘说，“咱们回去后翻开本子一笔一笔查对。”

“会不会有人认为咱们不干净？”

“你真能瞎操心。谁干净不干净在脸上会写着字？”

“众人口里有毒哩，硬把白的能说成黑的。”

不叫二亚的姑娘有些不耐烦，她哼了一句歌词作为回答：“白天不懂夜的黑。”然后她说：“我要唱歌。”然后她扭动屁股，怪声怪调地唱起来。“回到拉萨，回到了布达拉……”

“我也唱。”二亚说，“唱完咱们爬坡。”她看见太阳在东沟坡顶上只剩一点蜡烛光颜色了。

“常回家看看，啊回家看看……”

她们唱歌。她们的歌声一高一低，在沟川里被凌厉的风撕扯得七零八落，实在不成个什么调子。

“呀，”二亚说，她突然住了声。她说：“我们的脸！”

不叫二亚的姑娘学着二亚的样说：“呀，呀，——怎么啦？”

二亚顿了一下脚。二亚说：“我是说咱们嘴唇上的口红，还有描的眉！”

不叫二亚的姑娘说：“你多漂亮啊。”

二亚说：“我给你说正经的呢。我这个样子怕我妈认不出我来，说我是个妖怪。”

不叫二亚的姑娘哑了声。她看着二亚。她们互相看着。她们以前没想到这会是个问题。她们每天都要化化妆的，包括在拥挤的火车上和颠簸的汽车上。

“一定得擦掉。”二亚说。

她们开始找纸巾。但她们翻遍了身上所有的口袋和小包，也没有找出一片软一点的纸。她们带的纸巾一路上大手大脚地用光了。她们甚至用纸巾擦拭火车的茶几和汽车的窗玻璃，还擦了几次皮鞋，唯独没想到最后会用它来清除嘴上的口红。她们低头四处探望，希望能看见一汪水。但是，没有。沟川是干的。其实她们知道这是个干沟。她们盯住自己的衣服，可她们舍不得橘黄色的外套和天蓝色的外套染上不同颜色的斑迹。她们快要恨死自己了。

“我说，咱们吃了它。”

她们用唾沫把嘴润湿，拿牙齿啃上唇，再啃下唇，让舌头转一圈，又转一圈。她们把唾沫吞下去，又呸呸吐出来，沾在手指上擦拭眼影。

不叫二亚的姑娘说：“呀，咱们的口红不高档，吃下去怕有毒。”

“不管它，”二亚说，“这个不重要。毒不死人。”

她们擦啊，抹啊，把脸弄得五麻六道的，但她们不知道此时她们脸的样子。她们互相看也看不清，因为太阳早已经熄灭了。她们以为这么一弄她们的脸就很本色了呢。

“呀，天都黑了，”她们说。“咱们快爬吧，看谁先看见村庄。”

黑夜像汹涌的黑水淹没了她们。

教育诗

过一会儿，爷爷就要把孙子送进小学校的大门了。现在，他们走在通往学校的小路上。

九月的头一天是个挺好的日子，阳光清亮透明，风也凉爽，因为晚上下过一场雨，路面还湿漉漉的，但已不泥泞，个别低洼处积着雨水，偶尔低头一看，能看见天上的一两朵白云映浮在里面。头顶上不时有鸟掠过，喳的一声，飞到了玉米地里，落在玉米穗吐出的缨子上。缨子有粉红色的，米黄色的，奶油色的，吊在鲜绿的玉米秆中间，很是光彩夺目。

学校位于村子的东南角，有一条小路通向那里。爷爷和孙子就走在这条小路上。孙子的头脸洗得干干净净，衣服也比较整洁，斜挎一只新书包，一只手紧紧按在上边，看上去蛮像个认真的小学生。爷爷有些驼背，是个瘦小的老头，走路一晃一晃的。他把孙子的手牵在自己手里。

"从今天开始，你要把贪玩儿的心收了。"爷爷说，"你是个学生了。"

"哦。"孙子说。"一会儿就会发新书，还有本子、铅笔、橡皮擦。"

"让你念书不容易哩，"爷爷说，"你爸你妈为了你能念书，他们才到很远的地方去打工。"

"我知道。"孙子说，"过不了多长时间，说不定我就能看懂我爸写的信了。"

爷爷说："念书要一心一意地念，你把贪玩儿的心要收了。"

孙子说："我白天黑夜念，行不？"

爷爷说："不能像你爸，三天打鱼两天晒网，只念了半截。你问他去，他现在后悔死了，做不成啥事，只能去给人打工。世上没有后悔药吃啊。"

孙子说："你别给我说这个！我是我，跟他不一样。"

爷爷说："所以我说，不敢再野了，要把心收住。"

孙子说："你老说这句话，我都听过好几遍了。学校里还滚铁环哩。"

爷爷说："那不一样。老师安排的事情不一样。哦，我突然记起来了，学校这地方原来是一座庙，我小时候还去烧过香哩。"

"庙是干啥的？"

"敬神的。"

"神为啥看不见？"

"庙里有塑身哩。把庙改成了学校，就是念书的地方了。在念书的地方么，就要把心用上，写不好字，先生打板子哩，把手心打得红肿红肿，吸溜溜痛。"

"爷爷你挨过板子吗？板子是啥样子？"

"啊，没有。没见过，爷爷没进过学堂。"

"那你干啥呢？"

"拾粪。"

"你爸你妈为啥不去打工让你念书哩？"

"这个么，啊，这个么，那时候……爷爷给你说不清。反正爷爷不识字，一辈子没离开过这个村子。你爸念书少，只能出去打打工，做不了大事情。你好好把书念到肚子里，以后就会去大地方，离开村子去见外面的事情。"

"为啥要离开呢？咱们村子不好好的吗？"

"啊，这个么，怎么说呢，好是好，不过么，做不了啥大事情。你看看村长，也没多少本事。这地方限制人哩。”

“我以后还能回村子么？”孙子突然这样说。

“能哩！”爷爷说，“你想回就回来么。你也许会骑一匹马，很威风，啊不，现在早已不兴骑马了，你也许会坐一辆小卧车回来，更威风哩！”

“我让你也坐。还有我奶奶。”

爷爷没吭声。爷爷叹了口气。爷爷很伤感地说：“爷爷坐不上啦。到那个时候，爷爷已经入土啦。”

“我不让你入土。你入了土我把你挖出来。”

爷爷又不吭声了。爷爷拍拍孙子的头说：“你胡说呢。爷爷啥时候才能享上你的福啊。啊，咱不说这些了。主要是肚子里要有墨水，你不敢胡野了，把心收到念书上来。”

“你又说这话了，人家已经给你说过了。”

“我琢磨，念书和种地是同一个道理。俗话说，人哄地一时，地误人一年。你要是哄书哄字，你爸的辛苦钱就白花了。更要紧的是，最终就把你自己哄了，耽搁了，哭都哭不出眼泪呢。”

孙子说：“我为啥要哭呢？我不哄我自己。”

爷爷说：“这就对了。有志气哩。这就好。”

他们走到了小学校门口。有很多学生从学校门口出出进进。爷爷松开孙子的手，爷爷说；“今天是开学第一天，以后你要自己操心上学。进去，快进去。”

“哦。我知道啦。”

爷爷说：“啊，还有一件事，咱们村里有两位识文断字的大先生，小时候都是在这里念的书。你听见了吗？”

孙子已经跑进学校里了，他转身朝爷爷摆了摆手，示意爷爷回家去。但是，爷爷没有立即回家，爷爷站在那里，仰起头，把学校很严肃地打量了一阵子。

从四月到十月

第一个看见梅根劳坐在房顶上的人是梅二。上午九点半，梅二准时打开小卖铺的防盗门，探出头左右看看，突然就看见了他的邻居梅根劳坐在平房顶上。最初，梅二以为梅根劳要寻短见，惊得他打一个趔趄，跛脚一软，差点倒下去；待仔细一看，发现梅根劳相当平静，手握一只茶壶，一小口一小口喝茶哩。

梅二从小卖铺颠出来，仰起头说："你没事吧？"

梅根劳说："我好着哩。我坐在房顶上看梅庄，然后讲给炕上的人听。"

"你想开些，挺一挺就过去了。"

"我知道。多亏咱们是邻居，你门前热闹，我在房顶上能看得一清二楚。"

"噢，噢噢。"梅二说，把自己的跛脚顿了两顿。

在梅庄，没有人能想到，梅根劳的婆娘杨菜花，那么一个手脚麻利爱说爱笑的人，端着面盆在厨房一跤跌倒之后，抬到炕上就不能动弹了。医生说是半身不遂，也就是说，这个人从此瘫痪了。不管谁，遇上这种事，都像天塌了一样。"老天杀人不用刀啊。"梅根劳说。当时，他显然昏头晕脑了，一边拍打膝盖和屁股，一边陀螺似的在院子里转。他对前来看望的梅二说："咱们只隔一面墙，你说，我这辈子作过啥孽没有？"梅二不敢看他的眼睛，瞅着别处说："没有没有。"梅根劳又说："我年轻时打过她，是不是遭报应咧？"梅二说："不是不是。病没长眼睛，胡往人身上碰哩。"梅根劳说："我不会疯吧？"梅二说："咋会呢，你胡说哩。"

现在，梅根劳坐在房顶上，看上去像一只安静的老猴。四月的阳光明亮而温暖，泡桐树在他身边投下一些斑驳的影子，一嘟噜紫色桐花在他头

顶上方轻轻摇摆着。梅根劳咂一口茶，扭过头笑眯眯地对梅二说：

“你忙你的，我没事。我认命咧。这是菜花的劫数，我的劫数。我肯定作过什么孽，该我赎罪了。”

梅二说：“你不要那么想。依我看，你婆娘的病能好起来，周围不是没有这种例子。”

梅根劳说：“我就是这么想的。我要让她跟以前一样知道世上的事情。”

梅二说：“拧开电视，让她天天看影听声，心就活泛了。耗不了多少电。”

梅根劳说：“我咋能在乎电费？不过，她不愿看电视，电视上没有梅庄。她只想知道梅庄的事情。”

“噢。”梅二说，“一条街都在你眼皮子底下哩。”

这天下午，有人看见梅根劳在房顶上安装一些铁皮筒子，就是蜂窝煤炉子上用的那种烟筒，他把它们捣鼓来捣鼓去的，不知要干啥。梅根劳早年当过房匠人，一双手是巧手，能让许多东西改变模样和用场。不多工夫，一种似烟筒又非烟筒的东西装置完毕。铁皮筒子从平房的窗户伸出来，连接到房顶上一个被改造成喇叭状的塑料管子上。按常理推测，夏天已经不远，这些筒子肯定不是为了给病人取暖用的。

“我知道他在干啥，”梅二在铺子里面说，伸长脖子往斜上方看了一眼。“不信你们看去，筒子的另一头在炕头病人的耳朵边。他做了一个对话筒，随时给炕上的人说梅庄。”

梅二的判断一点不错。从第二天开始，梅根劳就把他的房顶变成了类似电视台的直播现场。他模仿不同人的腔调，绘声绘色，把梅庄故事一件件传递给瘫在炕上的他的婆娘杨菜花。

他说："我说给你听，你就当你看见了，这没什么两样。你不要总把死字挂在嘴上么，用不了半年，你就能到梅二的小卖铺去打酱油。"

梅根劳说："今天天晴得很干净，连天边都没有一丝丝云。北岭上的大冢看得清清楚楚。马堂拉着牛到保当村去配种了。牛价见涨，羊价却一天天下跌。看，胡庄庄拉着他的布尔山羊，蔫头耷脑地去双庙镇赶集。你想想，羊又不是金疙瘩，咋能值两三千块钱呢，现在卖三百元都没人要。油菜地上面有一群蝴蝶飞来飞去。哦，我头顶上也有一只花蝴蝶。呀，我把它逮住了。我马上拿下去给你看。"

梅根劳说："水渠岸边有个年轻媳妇，穿着粉红衫，看样子是吵了架，气呼呼的，夹个包袱往娘家走。刘三的婆娘领了一伙人，都是信教的，涌进她家门房去唱诗。邻居小卖铺前支起了桌子,麻子六手气背还老爱打牌。梅二的婆娘在牌桌旁打了一个哈欠。"

梅根劳说："布谷鸟开始叫了。"梅根劳说："村北果园边的花椒树吹来香喷喷的味道。"梅根劳说："我不怕热，虽说是三伏天，房顶上风头高，又有桐树的阴凉，我不热。"梅根劳说："今年入秋以来雨水多，玉米长势很好。"梅根劳说："梅开民的儿子梅东朝过完暑假又到学校去了，回来时还带了个女同学。"梅根劳说："啊，好，好好好，你的右腿能活动了，这比什么都好。"

梅根劳对他的婆娘杨菜花说："你终于可以下炕了，我也重新活了一世。"

梅二对梅根劳和梅根劳的婆娘杨菜花说："我把一切看在眼里。从今往后，我肯定不会在小卖铺掺任何一点点假了。"

打　嗝

人在饱食之后会不由自主地打一个嗝，身子一抖，“嗝儿”一声，就感到舒服了。如果谁肠胃有毛病消化不良，也会打嗝，暂时气就顺畅了。但麻子六打嗝却另有原因，他是害怕旁人向他借钱。钱这个东西，太是个好东西了，你把那么好的东西借给别人，过一段时间，那个人就觉得这钱可能是他自己的了，要还你，他会不情愿，会心疼，会舍不得。

“啊哈，我哪里有闲钱……嗝儿……闲钱呢？”麻子六对朝他借钱的人说，“你是我娃他二舅，咱们是经常要来往的亲戚，你给我开了这个……嗝儿……这个口，以后免不了像你哥一样，你看我的鼻子我看你的眼睛，两下里都不好。你什么都没说，对吧？”

因为借钱，麻子六是吃过亏的。他婆娘的另一个弟弟，买一头奶牛，当时需要凑二百块钱，麻子六就借给他了。过了半年，麻子六去要钱，那边说：“六哥呀，我卖了一头又买了两头，正为难哩，再缓一缓么。”又过了半年，娃他舅说：“六哥呀，两头牛卖是卖了，可你看我这房子，外头下大雨，里面下小雨，眼看就不能住人了，忙后一定得翻修。我还指望用房子给娃惹一个媳妇哩。如果你手头宽裕，我还想再借三百，凑成五百，是整数。”第三次去催讨，已是两年之后。他婆娘的弟弟说：“六哥你这个人，不是兄弟我说你，二百块钱你就整天挂在心上？我跟上建筑队当小工，一天挣不下几个钱。依我看，你哪里会缺这点票子，倒一遍遍从梅庄大老远跑来向我讨债哩！”

麻子六就是从这个时候起开始打嗝的，他可能吸了一肚子冷气。“你喂不熟！”麻子六说，“你……嗝儿……”他半天没说出后面的话。他觉得他胃里往上泛黑水，于是又嗝儿了一声。最后，麻子六翻了脸，才把二百块钱拿回来。多年以后，麻子六只要想起这件事，马上就感到胸口那儿不对劲，有一回他正在吃饭，把饭都嗝儿到了桌子上。

这天中午，麻子六的妹夫冯保栓来到梅庄找麻子六。

“啊哈。”麻子六对他的亲戚说。

那冯保栓照直走进房子，掏出一支烟，将过滤嘴一头在左手大拇指指甲盖上磕一磕，自个儿叼到嘴上。

麻子六又说：“啊哈。”

冯保栓这时吐出一口烟雾说：“六哥我等你打过嗝再说。”

麻子六说：“我没有……嗝儿……没有钱。”

冯保栓呵呵笑起来，说：“谁说借你的钱来？我想让你挣钱哩。”他把烟举到眼前，看了看香烟的牌子。

麻子六说：“我不相信。”

冯保栓说：“你是我姐夫，一向信誉度高，我才找你让你挣钱。账是这么个账：我今天从你手里拿一万块钱，三个月后给你一万一。你知道我的八吨康明斯大卡车天天走南闯北，广东新疆都去哩。”

麻子六把眼睛瞪起来，他觉得他想打一个嗝了，但终于没打。

“这叫投资，三个月挣一千块。你想想。”

麻子六说：“数目太大了，我没有那么多钱。”

冯保栓说：“五千也行。账是明的，三个月后给你五千五。就这事情。六哥你要是想得通，明天傍晚我来取钱。你不要留我，我不吃饭。我忙得想长八条腿。我走咧。”

麻子六在冯保栓走后连抽了两锅烟，他想通了。但他手头只有四千五，差五百块钱才能凑够五千。凑不够五千不是个整账，不好结算。

下午，麻子六骑上车子开始借钱。他没想到他也会朝人借钱。啊哈，他说，钱这个狗东西真能把人弄疯哩。

麻子六先去了保当村他女儿家。他女儿说：“爸呀，你和我妈把我嫁出门就不管我了，我给人锁边一件上衣才挣五毛钱，一年四季把咸萝卜当菜吃哩。”

麻子六又去了仁村他外甥家。他外甥顿一下脚恨天怨地地说：“大舅你知道今年狗日的苹果销路不好，堆在地里像粪堆，我都快愁死了。”

第三家，麻子六硬着头皮来到了圪崂村。麻子六婆娘的那个弟弟把麻子六上下打量一番，说：“六哥你真有意思，你还向人借钱？你借钱时咋不打嗝呢？不错，我当年借过你二百块钱，但我现在向你学习哩。嗝儿。”

天已黑尽了，麻子六两手空空回到梅庄。这样的结果，他没有想到。他感到很饿。到村口，他下了车子，他实在骑不动了。在黑乎乎的夜色中，麻子六把自个儿的牙咬得咯嘣嘣响，心里咒骂了一长串人名字。他也只能这样了。

这时，他忽然听见墙旮旯那儿有人在唉声叹气，张眼仔细一看，见那人用拳头捶打自己的头。麻子六大吃一惊，停住脚问：“谁？”原来是梅开民。麻子六说：“开民你这是干什么呢？”梅开民说：“我？我想跳井。”麻子六说：“日你先人。你娃考上了大学，天天唱戏都不为过，你却说你要跳井？”梅开民用哭腔调说：“我无能呀。我只能空欢喜一场。娃明天该起程去省上报到，可我，学费还差两千哩。”麻子六说：“哦。”麻子六又说：“哦——”他的声音弱下去，弱下去，连他自己都听不见了。

村街寂静。麻子六突然十分响亮地打了一个嗝儿，对梅开民说：“啊，这事不是一般的事。开民，我日你先人你让我碰见你。啊，你跟我……嗝儿……跟我来。”

陌生人到梅庄

有一天，一个陌生人风尘仆仆地来到梅庄，打听马堂的家在哪儿。有人告诉他，马堂去双庙镇了，到后晌才回来。

“哦？”那个人这样说，显出很诧异的样子。

“找马堂有事？”

“唔。”

“去，到他家去等。”

但是，陌生人没有去马堂家，而是绕着村子转了一圈，然后坐到村口梅二的小卖铺前，买了一瓶汽水，有一搭没一搭地喝一口，一边望着通往双庙镇的路。中午，梅二问这个人要不要来一包方便面，他可以免费提供碗和开水，被陌生人拒绝了。

“不要。”他很简洁地说。

随后，陌生人掏出自带的干粮，咬一口，嘴里发出吧嗒吧嗒的响声，就汽水吃。他坐在小凳子上，目不斜视，沉默地等待着，让人摸不出深浅。没有人再敢主动开腔与他说话，因为他是个彪形大汉，又长着络腮胡子，看起来像一个身手不同寻常的人。梅二试了几次，终于鼓足勇气询问陌生人是不是还需要一瓶啤酒。这回，陌生人只摆了摆手，连口都不开了。

梅庄的人，没有谁见过一个外地人，来到一个他不熟悉的地方，居然可以有这样目无一切的做派。他们都被镇住了。他们分别站在不远不近的街边，朝这边张望。突然有人想到这个人是来找马堂的，忍不住叫了一声："噢哎。"另一个跟了一句："嘿呀。"第三个咽下一口唾沫，说："啊哈。"他们想，马堂终究有麻烦了。马堂这几年跟外头交往太频繁了，又是贩卖牲口，又是建苹果库，还买了康明斯大卡车；他本人戴一副墨镜，石头镜片；整天骑着摩托车，日一声向东，日一声往西，把去双庙镇当玩耍一般；看看，人狂没好事，狗狂挨砖头；看看，远道而来的寻仇者找上门来了。马堂的麻烦这下大了。等着看，梅庄今天要发生点儿什么事情哩。

早已有人把消息在路上通报给了马堂。马堂倒很镇静，并不下摩托，一只脚撑在地上，摘下墨镜说：

"就一个人？"

"谁知道村外的果园里，有没有他的同伙埋伏着？"

"我没有仇家。"

"来者不善，你得防一手。"

"哈，"马堂说，"我又不是没见过三个浪子过队伍，走。"他拧一下油门，日一声奔回梅庄来了。

陌生人有些惊讶地站起来，对马堂说："我找你呢。"

马堂不摘眼镜，问道："你是谁？"

陌生人说："我从北山来。我爸让我找到你。"

"谁是你爸？我不认识。"

"为二十多年前的一件事。"

马堂现在取下了眼镜，捏起衣襟擦拭镜片。他看见村街上的人在渐渐围拢过来，便说："借一步说话，到家里去坐。"

马堂没有关闭头门。从外头绕过照壁朝里望，可以看见他们两个面对面坐在上房厅里。一开始，马堂很响亮地拍了一下大腿，还高声"哦"了一下，后来说的话就听不清楚了，但很明显他们都比较激动。不久，陌生人和马堂同时出来了。马堂说："你回吧。回去好好给你爸说说，啊，说不定我还要去看他哩。”

陌生人的眼圈有些红。梅庄人很不理解，那么高高大大的一个人，又有满脸胡子，眼圈却红了，这让他们大失所望。他们有些心不甘。

有人问马堂：“事情了结啦？”

马堂说：“结了。”

“没敢动手？”

“谁动手？”

“这么说，你把他制住了。我就说么，在咱村里，不把他捶扁才怪呢。”

“至少卸他一条腿。”另一个人说。

梅二指着那个陌生人的后背愤愤不平地说：“长得像一堵墙，却是个抠皮，坐了多半天只喝了五毛钱一瓶的汽水。”

这时候，马堂说：“梅二，我要你五瓶啤酒行不行？我今天高兴，大家一起喝。”

梅二连声说：“好的。好的。”

马堂说：“你们想知道其中的原委是不是？那是一九七二年的事情，将近三十年了。刚才那个北山人他爸当麦客给咱队里割麦子，他婆娘生了娃，青黄不接，娃吃不上奶水。我是打麦场场长，私下做主偷偷给了他二十斤小麦带回去。当时生下的娃就是刚走的那个大胡子。现在他爸得了绝症，临死前让儿子来谢称我一声，不然他合不上眼睛。就这么个事情。人心长着哩。那人是个孝子啊。你们想到哪里去了？”

几个喝啤酒的人咕嘟咕嘟往嘴里灌，没有一个人吭声。

声　音

梅根劳在麦地里拔了半晌杂草，现在坐到地头，静悄悄地抽着一支烟。麦穗已经探头，油菜花正在灿烂地开放。由于雨水充沛，庄稼很茂盛，太阳很明亮，空气也像水一样干净。老根劳眯着眼，看见许多蝴蝶飞来飞去，还有无数蠓虫成群结队在眼前游动。田野里没有风声，也没有别的声音。梅根劳感到腿脚有点困。他知道，这不再是那种硬生生的疲劳，而是一种隐藏在骨头缝里的困乏。我老了呀，他对自己说。人活一世，草木一春么。他这么说着，脑子慢慢迷糊起来，眼皮往一块儿磕，身子趁着塄坎的斜坡躺下去。他想睡一会儿。

就是在这个时候，梅根劳突然觉得心里咯噔响了一下，接着从胸口那儿发出了一个声音。他显然很惊讶，眨巴眨巴眼睛，然后直愣愣瞅着一蓬油菜花。我这一辈子活了个什么呢？我咋就活得这么寡味，没有一点声色呢？这个声音又响了一次。按说，梅根劳似乎没有理由去想这些虚无的事情，但是今天偏偏很奇怪，他老是往虚处想。他这么一想，睡意全无，心便乱了。他的心真的乱了。他站起来，茫然四顾。周围的庄稼变得有些陌生，北边地畔那棵枸树也陌生得很，一切都像在梦中，他认不得它们了。梅根劳重新坐下，把沾满绿草汁的双手展开看看，抬头仰望天空。天空是静的。可是天空分明是有声音的。他听见了空气的声音，听见了太阳的声音，还听见了庄稼吸收阳光的声音。咝咝，轰轰，嗞啦啦。他听见了这些声音。天空这么静，可它会刮风，会下雨，有时还电闪雷鸣呢。这才像个天空呀。我，今生今世没有声音，一点都没有。如果我现在死在这里，就跟从来没有活过一样哎。我身旁怎么会有这么多蝴蝶呢。噢，蝴蝶好，蝴蝶有翅膀，可以去它想去的地方。哎咳咳，梅根劳为自己喊了一声冤屈。我冤呀，他说。

我不如一只蛾子么，他说。可话说回来，我能弄出点什么事情呢？我老了，要是我还年轻，要是我的儿子做个什么官，要是我运气好……他忽然联想到最近晚上看的一部演清朝皇帝的电视连续剧，便顺着皇帝的生活一路想下去。他想，要是他运气好，万一当了皇帝，在龙椅上坐一天，他会吃一顿山珍海味，用又亮又光滑的手巾沾沾嘴唇，然后找一个最喜欢的妃子抱一抱，同时下令给自己的祖宗修一个气派的祠堂。他想，办了这几样事就可以了。梅根劳这么想着，嘴角掉出一串亮晶晶的口水，他把它们又吸溜了回去。哎咳呀，这咋可能呢么，看看我这双手，抓痒痒都不用指甲么。不过，想了就想了，我想一下总不会上税吧，就像人放个屁不用缴税一样么。

但是，梅根劳接下来想到了一件他马上就能够做的事情。他拍打拍打屁股，提脚急匆匆走回梅庄。

一进村口，梅根劳照面碰见了村主任马堂。他站定，看着马堂。马堂正是他要找的人。

“啊呸！”

他坚决而响亮地朝村主任马堂面前唾了一口。

“啊哦？”

马堂吃惊地瞪圆眼睛，把倒背在身后的双手摊开在两胯旁，手指头痉挛似的一颤一颤。

马堂说：“你唾我？”

“噢嘛。”

“你，你平白无故唾人？”

“噢嘛。”

“我当村干部又没惹过你。”

“我想唾一口。我活了一辈子，今天才唾了一口。”

“你大概吃错东西了。我说，你耳朵里是不是钻进个虫子？牛的耳朵钻一只蜂，牛就疯了。”

“我还想唾你一口。”

“你什么意思？”

“啊呸！”

村街上立即围过来一堆人。“蔫驴踢死人呢。”有人说了这么一句。因为从来没有人敢在马堂面前这么胆大妄为，他们一律惊骇地往后退一步，一边笑嘻嘻地继续观看。

马堂没有发作。他毕竟是村主任，一换脸，倒对梅根劳呵呵笑起来。

“你像个女人。女人才吐唾沫。”马堂说。

“我不是女人，可我唾了。”梅根劳说。

“啊哦？”

“噢嘛。”

第二天，梅根劳从圈里牵出一头羊去了趟双庙镇，然后装着三百五十块钱又去了西安。他看了大雁塔、小雁塔、城墙和钟楼。他没有去看兵马俑，他认为那些泥人泥马没啥看头，倒是在通体明晃晃的金华饭店前走过来走过去，把那座玻璃楼房观赏了很久。最后一天，梅根劳在易俗社看了几折秦腔戏，身上的钱也就所剩无几了。中午，他乘长途汽车返回双庙镇，然后步行回到梅庄。

梅根劳的事情不久被人们无限夸大，传遍了梅庄、保当村甚至双庙镇一带。虽然如此，梅庄仍然是梅庄，梅根劳还是梅庄的梅根劳。但终究有些不同，梅根劳站在油菜地里，捏弄着一把饱满的菜籽荚，对自己说，我终于在梅庄喊出了我的声音，又像蛾子一样飞到了远处，从今以后我心甘了么，不管哪一天死了，我都会很快闭上眼睛。

一个简单叙述的复杂故事

梅根劳的表兄弟，就是那个经常吹笛子的瞎眼赵托娃刚刚去世。他在四月的这天中午倒在了村外的马路边。他脸朝下，双手向前扑抓着，像是要逮什么东西；平常从不离手的探路竹竿和总是斜插在怀里的笛子散落在身旁。“看样子，他可能是捕捉一只蝴蝶呢。”发现赵托娃的那个人这样说。因为那时侯，在油菜花香弥漫的田野里有许多蝴蝶在飞舞。

一个人突然这么死了，人们便想起他以前的种种事情来。梅庄的人还记得赵托娃年轻时的样子。他是一个生龙活虎、整天笑嘻嘻的人，只要他从保当村到梅庄他舅家来，梅庄的女人都会情不自禁地偷偷看他，因为他的一双眼睛让人太想看了；他的眉毛也好看，清爽俊朗，一耸一耸的，加上眼仁里流露出的光彩，把许多女人的心搞得一忽悠一忽悠的。显然，他是一个招人喜爱的人。甚至有这样的传闻：梅根劳的婆娘蓝菜花便是赵托娃替他表哥相亲相来的哩。但是不久，出人意料地从保当村传来消息说，赵托娃双目失明了，而且，他的父母，也就是梅根劳的姑姑、姑父也相继过世。于是有一天，人们看见，梅根劳用一根细细的竹竿把赵托娃牵引着带到梅庄来了。赵托娃一言不发，一对瞎眼缝里总往外流眼泪水。梅根劳说：“不哭，哥管你一辈子。”梅根劳说：“有一口饭，你嫂子半口，你半口，哥喝汤。”梅根劳说：“哥明天给你买一只笛子为你岔心慌。”赵托娃听到这一句，抬手把眼泪擦干了。从此以后，梅庄的人时不时会听到一阵阵幽怨哀伤的笛子声，他们知道，那是赵托娃在村外的某一个僻静处，鼓着腮帮吹他肚里的苦楚。每当这时候，女人们都会撩起衣襟擦擦自己的眼角。

现在，笛子声没有了，赵托娃死了。虽然他在梅庄生活了几十年，但总归只是梅庄的外甥，又猝死在村外马路边，跟横死差不多，所以，按规矩他的尸首不得搬入梅庄村内。鉴于这种情况，梅根劳放弃了说服村上人把灵堂设在家里的打算，但他执意要把葬礼搞大。“我要为我可怜的表兄弟搞一个梅庄人从来没有见过的葬礼。”梅根劳说。

梅根劳率领几个儿子和帮工在村口用塑料布搭建了两个很气派的棚子，一个棚子里设灵堂，一个棚子当作戏台，请动了双庙镇最有名气的戏班子连唱三天大戏。“唱本戏，一本接一本唱。”梅根劳吩咐说。

由于赵托娃终生未娶，不曾留下一男半女，按习俗，没有人会为他的死披麻戴孝。梅根劳对他的一群儿女说：“你们，就像把我死了一样，一律为你表叔穿白挂黑。我想光这还不够，再到镇上雇十几个哭丧的人来，让你叔能听到满世界的哭声，不感到孤单。”

梅根劳为他的表弟赵托娃的葬礼连续举行了三天。在出殡的先一天晚上和当天，所有的仪式中，披麻戴孝的人跪地一片，场面极为壮观。梅根劳的儿女自不必说，那些被雇来哭丧的人，有男有女，还有小孩，由于主家出了大价钱，他们一个个哭得认真而投入，哀哀切切，跟真的一模一样，竟分不出真假孝子来。

那两天，整个梅庄哭声雷动，把人的心弄得有些悲伤，有些毛躁，有些瞀乱。但是，在任何时候都有特别细心的人，那个细心的人留意到，在全部葬礼活动中，始终没有看到梅根劳的婆娘蓝菜花的影子。

葬礼结束了，梅根劳从此留下了好名声，不久将在方圆村庄里被广泛传颂。可是当众人散尽之后，有人发现梅根劳依然坐在棚下的一张方桌旁，久久不肯离去。他独自一人坐在那儿，脸上看不出有多少悲伤，身子一动不动，只抬手往嘴里一盅接一盅灌酒。

梅根劳看见了那个看他的人，举起酒盅示意他进来。看样子，梅根劳一定是想对人说点啥。果然，梅根劳对那个人说：

“我表兄弟死了，而我还活着。我现在坐在这儿喝酒。世事就是这么个世事。谁能把世事弄个一清二楚呢。不过，我想说的是另外的事，这个事谁都不知道，现在，我不怕把它说出来：我表兄弟是为我弄瞎了他自己的双眼。实际上我是一个贪心之人。”

梅根劳话音刚落，他的一个儿子慌慌张张跑过来说：

“我妈不行了！”

梅根劳并不感到意外。他长叹一声说：“他死前的确是在抓蝴蝶。我相信他看见了蝴蝶。你妈的名字叫蓝蛾蛾，蛾蛾就是蝴蝶。现在，你妈终于随他而去了。”

小镇上

在我们镇子上，赵墩坎的名字十分响亮，可以直接用来吓唬小孩子。我们真的听见有人这样说："讨债鬼，再哭，把你送给赵墩坎去。"孩子立即住了哭声，变成细细的呜咽。看，赵墩坎从镇子东头走过来了，双手背在身后，大模大样的，头顶上一轮红太阳，他看上去比镇长还威风哩。人们老远见了，纷纷埋下头忙各自手中的事；躲不开的，赶紧给赵墩坎嘿嘿干笑两声。有时候，我们真闹不明白，赵墩坎其实一点也不墩，是一个尖嘴猴腮的人，怎么就让人那么怕他呢，怎么就会搞出这么大的名声来呢？我们思前想后，觉得这跟几年前赵家父子的一次冲突有关。那件事发生在街面上，许多人目睹了当时的场面。赵墩坎因买蜂窝煤和他父亲发生争执，继而扭打，接下来，赵墩坎抓起一个煤块，朝他父亲砸将过去，顿时，他父亲的额颅血流如注。事后，赵墩坎对人说，他父亲踢了他的裆，他疼得实在忍不住才这么做的，听的人全吓跑了。大概从此以后，赵墩坎就成为一个人物了。真的，人们都很怕他。

赵墩坎没念过几天书，脑子里却有许多窍道。比如，他手里提一只灌水的瓶子，照直朝一个匆匆赶路的人撞上去。叭，瓶子掉到地上碎了，他就很讲道理地让那人赔药钱。"你看你，走路不长眼睛。"他并不生气，两手耐心地搓来搓去。"咋办？病人急等着用药哩。"被瓶子碰了的人眨巴着眼睛，扭头看看四周，又眨巴一阵眼睛，硬是给讹了。梅庄的一个人更背气，他到镇上来买一截绳子，真是屁大点事，结果遇上了赵墩坎。赵墩坎觉得梅庄的人不顺眼，突然站住，说："你把我的影子踩了。"梅庄的人说："啊哦？真是怪事情。"赵墩坎说："我一点不觉得奇怪，影子是我的。除非你把太阳灭了。"梅庄的人说："我在大街上走哩。"赵墩坎说："但你踩上了

我的影子，让我心里咯噔疼了一下。三十块钱一笔勾销。”梅庄的人四下瞅瞅，人们只远远地往这边看，没有谁会站出来替他说话。梅庄的人心想，妈呀今天一定是碰上赵墩坎了，再也不敢吐一个字。赵墩坎还发明了不少别的名堂。他用五十元一张的大票子仔细卷住一卷纸，跟一卷子真钱一模一样，丢到地上让贪心的人捡。保当村一个卖了牛的人捡了，然后被赵墩坎拉到僻静处以眼见平分和不能声张为理由平分去牛款五百元。赵墩坎还利用易拉罐中奖拉人下水，用玩扑克牌给人设圈套，等等等等。

对于赵墩坎的所作所为，镇派出所也并不是坐视不管，干预过多次，还曾关过他几天，但赵墩坎出来后仍然在街面上大摇大摆，甚至放话说他现在和某个公安开始称兄道弟咧。

镇子上出了赵墩坎这样的人，我们真感到丢脸，但我们又有什么办法呢。

这一天后半晌，集市渐渐散去，到黄昏时分，镇子上已经车少人稀了。在一根电线杆旁，修车子的人坐在矮凳上，因为此刻无活可干，两眼望着夕阳中的街道，似乎沉入某种冥想。他用一块湿布擦擦手，看样子打算收摊子了。这当口儿，一阵慌乱的咣当声响起，从小巷里蹿出一位骑车子的年轻女人，气喘嘘嘘，奔修车人而来。她一手扶车，一手护包，拿下巴示意有人在撵她。“没有，我根本就没有碰到他。”她说。她眼巴巴地望着修车人，乞求帮助。修车人朝左边看了一眼，就看见了赵墩坎，他迅速把头摆开了。那女人举目张望，准备离去，修车人这时开口说："别怕，就站这儿。"赵墩坎赶了过来。他玩的还是老一套把戏，说女人碰翻了他的药瓶子。"没啥说的，损坏物品照价赔偿。"赵墩坎摊开两手说，"不太贵，就五十块钱么。"女人说："没有！我根本没有碰你！"赵墩坎说："我作证你碰了。没有人作证你没碰。"他对着修车人无辜地耸一耸肩。修车人低着头，抬了一下眼皮，嘴角扯出一点笑。赵墩坎也龇牙一笑说："咦，你啥时候在这里摆摊修车子的？我以前没见过你。"修车人说："初来乍到，三五天。"赵墩坎说："噢，好说好说。看你上了年纪，生活不容易呀。咱们以后就热悉了。"他转身面向女人。"你不自觉，我就动手了。"赵墩坎出手夺女人的包。修车人发出一声低沉的鼻音。他在阻止。赵墩坎哪里管这个，他才不会把一个修车的老头放在眼里呢。修车人手里捻着一粒什么东西，然后把它弹了出去。赵墩坎啊了一声，用手捂住嘴巴。他的一颗门牙落在了掌心。赵墩坎呜呜哇哇怪叫，惊慌四顾。街面上没有其他人，只有修车人正在收拾他的工具箱。赵墩坎跑开了。

这事情后来传得很玄乎。有人说修车人是一个退休的老公安，身怀绝技，弹弹丸的工夫不比武侠小说中的武林高手差；他以修车为名走乡串镇，用自行车轴的滚珠专打泼皮流氓的门牙，子午镇、两亭镇、双庙镇，周围许多乡镇上街痞街霸一类的人全被打掉了门牙。又有人说，修车人是公安特派下来的，专门拾掇那些混世魔王，以保一方平安。说法很多，我们镇上的人也搞不清了。赵墩坎的说法是这样的：那天当晚，他强忍住疼痛，纠集了几个人摸到修车人的住所，想给他一个偷袭，以牙还牙。但他看见修车人在房子里很慈祥地为一个人洗澡，显然那人是他的儿子，一个没有任何生活能力的傻瓜儿子。在那一刻，他幡然醒悟，意识到自己毕竟不是猪狗，该正经做一个人了。

赵墩坎现在是一个安分守己的菜贩子，天天在镇上卖菜。看上去，我们觉得他其实蛮可爱的。

热　爱

发廊女梅叶丽怀上了孩子。不过，现在外人还看不出她怀了孩子。梅叶丽看上去像一株茁壮的玉米将要吐缨时的样子，丰盈饱满，鲜亮得如同刚刚浇过一场透雨。

其实，梅叶丽所在的发廊不叫发廊，是一所大学校园里的理发屋，因此，准确的说法应该是：梅叶丽是理发屋一名甜蜜的女理发师。至于过去，没有人能从梅叶丽身上看到她的过去。当然，这并不意味着梅叶丽的过去不曾存在。梅叶丽过去做过歌厅三陪女，直到遇见强小强。那时，强小强在城拐角的一家洗车行当洗车工。强小强在昏暗暧昧的灯影里附在梅叶丽的耳边说："我认出你是梅庄的女子，我是保当村的。你做这事真是可惜了。"强小强又说："我娶你。咱们换一座城市，你学个手艺，我学套本领。"就这样他们来到眼下这个城市，租了间民房住下来。半年以后，梅叶丽做了理发屋的理发师，强小强找到一家酒店去当保安。

在梅叶丽正式成为人妻之后，有一天她对强小强说：

"我太喜欢我的工作环境了。大学校园里的树，草坪，玻璃窗，读报亭，哪怕是飞过的一只鸟，都让我欢喜。看到这些，我想哭又想笑。"

隔了一天，梅叶丽又说：

"咱们开始要孩子吧。对孩子，我有我的打算。我已了解到有一套单元房出租，过两天咱们搬过去，周围全是有知识的大教授。我要在这样的环境中怀上孩子，让他从豌豆大一点就受到熏染。三个月，你的种子一定能落地生根。"

梅叶丽给强小强买来烧鸡，买来牛肉，还买来几十袋鲜奶，她对强小强说："你吃好啊，你一定要吃好啊。"在那套出国的副教授房子里，他们

攒足劲头，激情迸发，终于如愿以偿。

怀了孩子的梅叶丽更甜蜜了，整天笑嘻嘻的，嘴里经常哼着歌曲。发屋老板说："梅叶丽，你心里好像从来没有忧愁的事情啊。"梅叶丽说："我没有。这里的一切都让我欢喜，让我爱。"老板说："梅叶丽，你让我感动。你给发屋带来兴隆，从本月起给你加薪。"梅叶丽说："我想让发屋有点音乐，轻轻的，像田野里油菜花上空的风一样的音乐。"

从此，梅叶丽就在萨克斯和钢琴曲中为男女学生及其他人等理发。碰到女学生，梅叶丽对肚子里的孩子说："这是你姨。你姨多能抓紧时间啊，你听，理发的时候都在叽哩咕噜念外语哩。你快跟着学。"来了男学生，梅叶丽对肚子里的孩子说："这是你舅。你舅可有学问哩。"梅叶丽长得不难看，怀孕之后还要更妩媚些，所以，有的男学生看她时眼神就迷离起来，手或者胳膊肘有意无意碰她一下。梅叶丽也不生气，仍然甜甜地笑着，她想，他们虽然有点小动作，但他们心里是干净的呀。

梅叶丽至今记得多年前她父亲梅二踮着跛脚第一次领她到县城去的情形。在县城什子最繁华的地段，她父亲感慨地顿一顿跛脚说："真是好地方呀，在这里栽一个石头人，三年后都会说话哩。"她记住了这句话。她现在把相同的意思说给她的孩子听。她对肚子里的孩子说："我娃，你是个有福气的呀，这里到处都是知识的信息、文化的信息，你多多吸收吧，吸收吧，都是有用的好东西。"

春天到来的时候，梅叶丽的肚子凸得很高了。发屋老板尽量照顾她，不让她过分弯腰为客人洗头，只站着干些修剪头发的活儿。梅叶丽感激老板，双手越发麻利了。

晚上，梅叶丽穿过几条街巷，走步回到居住的民房去。有时，强小强不值夜班，会早早到发屋来接她。他们走在桔黄色的路灯下，梅叶丽看一眼强小强，对肚子里的孩子说："你爸挺行的哩，他有拳脚功夫，没有人敢欺负你。在这个城市里，你不是外来人。你将在这里出生，长大成人。"

有月亮的夜晚，如果天气晴朗，月光和灯光融汇在一起，树影在地上显得格外斑驳陆离。就是在这么一个晚上，梅叶丽突然对强小强说：

"我记起一句诗来了。"

强小强惊讶地说："你连初二都没念完，还能记住什么诗？"

梅叶丽说："真的。我突然记起来了。我脑子里一下子冒出那句诗来了，是初二第一学期课本里的。有一首外国人普什么金写的诗，普什么金？我没记住人名子。"

"呃——，普、普、普希金。"

"噢对，普希金。普希金普希金，我把你记住了，我娃也把你记住了。普希金有一句诗说：'相信吧，快乐的日子将会来临。'"

梅叶丽说："相信吧，快乐的日子将会来临。"

梅叶丽在城市春天里一个有月亮的夜晚说："相信吧，快乐的日子将会来临。"

很快到了初夏时节，梅叶丽躺在医院妇产科洁白的产床上，窗外阳光灿烂。梅叶丽的子宫已经张开，她咬牙忍住疼痛，等待着听到她的孩子出世后的第一声啼哭。

画影子

他们说，学校里新来了一位丁歌老师，人长得漂亮，声音动听，身上还有一股很好闻的味道哩。

“连她走过的路上都飘着香味，半天不散，让你只想使劲吸鼻子。”他们这样说。

梅明锤不太相信。他把他细长脖子上顶着的大脑袋扭过去看看油菜地，又看看手中牵着的布尔山羊。他们正站在一条岔路口上，一边通向学校，另一边通往阳峪岭。

“我不信，比油菜花还香么？”

“不一样。从来没闻过，能把人香死。”

梅明锤有点信了。他望一眼不远处的学校，对着他的同学叹了口气。布尔山羊嘴里噗地发出一声响，似乎也叹息了一声。这只羊是梅明锤的父亲梅开民掏大价钱买的，他本指望养两个月后可以翻倍赚一笔，不料布尔山羊市价一夜暴跌，转眼跟普通的山羊没什么区别了。梅开民干笑两声，走近那只羊，抽了它一顿鞭子，然后做出决定：下一次双庙镇集上，好歹把这狗屎一样害人的货卖了，在镇上支一个炉子卖烧饼；梅明锤停止念书，反正也念不进去，一个人将来的生活最终要落到实际本领上，不如趁早下手去照看烧饼炉子。

这样，梅明锤就离开了学校。梅明锤大概也乐意，因为他在课堂上背书总串行，计算老出错，老师说他头大却没有宝，简直是一块榆木疙瘩么。

“我去放羊呀。” 梅明锤说，“明天到镇上就把它卖了。”

“丁老师今天和大家做游戏哩。”

“游戏是不是玩耍？不念书么？”

“做游戏也是学习，在太阳底下画自己的影子，开发脑筋哩。”

这可是一件新鲜事情，一定很有意思。梅明锤舔舔嘴唇，咽下一口唾沫。“噢！”他说。这时候，从学校里传来了清脆的铃声。当，当，当，当，当，当。

“预备铃响了，咱们快走。”

他们走了。他们沿着右手的小路跑向学校去画自己的影子，把梅明锤和布尔山羊丢在岔道边。其中一个同学用手按住书包，猛然回头对梅明锤说：

“你爸叫你去卖烧饼他犯法咧。”

晌午的阳光十分明亮。麦子绿汪汪，油菜黄灿灿，这儿的和那儿的，梅庄的和邻村的，统统连成一片，铺展到天尽头去。梅明锤站在被庄稼挤得又窄又瘦的路边，一时感到有些迷失。他原打算从岔口拐到阳峪岭坡地去，让羊在离开梅庄之前好好吃一顿，现在，他改变了主意，把羊拴到了近旁的塄坎上。这儿离学校近。他拍一下羊背说：“你爱吃不吃。”他又说：“都是你，把我爸害了，也把我害了。都是你。”

梅明锤双手托着下巴蹲在地头。他等着。他想闻一闻丁老师身上的香味道。他慢慢吸一吸鼻子。他希望这会儿从学校方向吹一阵风，把丁老师

的香气带过来。但是，没有风，田野格外安静，只有油菜花的味道像漫天的雾水一样无孔不入。“吹一阵风来呀，快吹一阵风来呀么。”他说。他脑子里一闪，突然想到了学校里的游戏。“我画我的影子呀。”他说。

梅明锤霍地站起来。他显然有些激动，瞪圆眼睛瞅太阳下自己的影子。影子是从脚跟长出来的，你走到哪它跟到哪。梅明锤从来没有这么认真地看过影子呢。他的影子挂在庄稼上。他的影子掉在塄坎下。喏，他的影子现在直端端落在路中间了。他捡起一块小瓦片，紧紧捏着，开始画自己的影子。但是，他一蹲下，影子却变成了一堆；站起来，是直的；叉开腿，又是另一种形状。他抓不住它，怎么也画不出个样样来。越是画不出，他越想画，因为这的确很有意思。他吸吸鼻子，朝学校看了一眼。他急得满头大汗。

太阳一黑，有人站在了身后。

“丁老师你教教我怎么画影子。” 梅明锤说。

“走。”身后的人说。

“我画我的影子哩。”

“走。”

“我不。”

“今天赶到镇上，能腾出半天时间。”

“我不嘛。再等一会会。你犯法咧。”

“少犟嘴。走。”

梅明锤终究没有弄明白如何画自己的影子，当天下午随他父亲梅开民赶到了双庙镇。当然，他更无从知道丁歌老师身上的香味其实是为防蚊虫叮咬抹上的花露水的味道。

“烧饼——，卖烧饼咪——”

这是梅明锤在镇子上喊出的叫卖声。

房顶上的沙包

梅亚桃从保当村到梅庄她娘家来，她弟梅金砖要拆旧房盖新房，叫她过来帮忙给房匠人做饭。

梅金砖这会儿正一趟又一趟从厢房往外搬挪杂物，他灰头土脸，露出白牙对他姐梅亚桃说："我不能再耽搁了，人家梅跃进说盖房的话比咱晚，他从南方回来不久便开始动土，昨天已经收工谢过匠人了。"梅亚桃说："姐比你还着急呢。金砖，你一定要让匠人把活做好，盖个房是一辈子的事，离收麦子还有一个月时间呢。"梅金砖用袖子抹一把额头的汗，给他姐又露牙一笑说："我媳妇是个大肚子干不成啥，你知道的。她想回她娘家去，我同意了。"梅亚桃说："我天没亮起来蒸了一锅馍就来了，你看，面手都没有洗干净。"她把手举到眼前看一看，然后在裤子上蹭。她忽然感到有些心神不宁。她不知道为什么会这样。梅金砖说："姐，你骑车骑了十几里路，先喝口水再进厨房。"梅亚桃说："噢。"但她站在院子里没动。她在看这座即将拆除的房子。一会儿，房匠人带来的小工就要上房揭瓦，她住过的小屋很快就不存在了。梅亚桃的目光落在房顶上。这时候，她听见她心里咯噔响了一下。她一个趔趄，往后退几步，踮起脚尖看房顶。梅金砖抱着一堆烂衣服说："只剩下一个空坛子了。姐，你愣在院子里看啥呢？"梅亚桃说："噢，我没有。金砖你看你成了个大花脸。"

她没有看见那只沙包。她现在知道她为什么会那样心神不定了。是沙包。她以为把它忘了，其实没有，它一直在心里头搁着。事实上她清楚房顶不会有一个完整的沙包了，可她始终觉得它还在那里。

那只沙包。噢沙包沙包沙包。

那只沙包落在房顶上已经好些年了。说是沙包，里面装的其实是玉米

粒，握在手里刚好一把抓住；仔细一捏摸，会感觉到有一个圆片，中间有个小方孔，原来是一枚滑溜溜的铜钱在里面。“今晚没有月亮但有星星，铜钱代表我的心。”在一个黑灯瞎火的夜晚，那个人紧紧搂住她，给她一枚铜钱，对她说了这样的话。那个人又说：“中间一个小方孔，说明我们的心永远相通。”她说：“你像作诗哩。”那个人说：“我说的字字句句都是真心话。没有钱过不了好日子，我到南方挣钱去，你等着。”当天夜里，她匆匆缝制了一个沙包，把铜钱装进去，她怕把它弄丢了。

梅金砖走到梅亚桃跟前，歪着头转一圈，疑惑地打量他姐。他说：“姐，我看你好像没有睡灵醒。”

梅亚桃说：“我在看房顶上我的沙包哩。”

梅金砖说：“姐你听我说，你先到上房屋子里睡一觉去。”

梅亚桃说：“我来做饭，咋能去睡觉呢。金砖，你不知道这事，你那个时候正在县中念书。是咱妈硬逼我把它撂到了房顶上。”

梅金砖伸出手，用手背在他姐梅亚桃的额头试一试，说：“姐，你没有发烧吧？”他害气甩一下手，到邻家去借上房的梯子。

她整天把沙包带在身上，经常拿出来看，有时还往高里轻轻一抛，看双手能不能接住。她妈终于看不下去了。她妈说：“一个沙包捏弄了三年了，看跟你的年龄相称不？快把它撂了去，撂了就干净了。”她说：“我不。”她妈说：“你是个快要嫁出门去的人了，让人看见像什么话！”她说：“我就不。”她妈说：“你今晚不撂了它，我跟你过不去。”她说：“你把我吃了。”她妈就奔过来夺她的沙包。她妈在右边，她把沙包换到左边，她妈转到左边，她又换到右手。她妈忽然站住不动，冷不丁朝她脸上抓了一把。她妈说：“撂了！”她妈还说：“你不撂我现在跟你拼命！”她从心底里涌上一腔酸楚，一挥胳膊，将沙包抛向高空。她跑进她的小屋时听见头顶上噗地一声，她知道沙包落在厢房房顶上了。第二天下了一场雨。她在心里说，下大些下大些，把我的沙包给我冲下来。但是没有。沙包卡在房边缘的两排瓦楞中间，红艳艳的像一朵花。隔了一天又下雨，还是没有冲下来。不久，她看见沙包上冒出一株玉米苗，绿莹莹的，就那么一株。玉米苗长了有三寸长，不再往上长了，两天过后，蔫了。再后来，沙包的颜色看上去和房顶没多少区别，事情就这样过去了。过去了过去了她也像那个事情一样过去到保当村去了。

梅金砖扛着一把长梯子弯腰钻进头门，看见梅亚桃仍然在院子里站着，故意将梯子在房檐上靠出很响的声音。哐！哐！他接连靠了两下。他不看梅亚桃，仰着头说：“盖个房心里晵乱得很！”梅亚桃说：“金砖，你给天说还是给地说？你不要给我示威么。姐想给你说话哩。”梅金砖生硬地说：“你有话就说。”他走到墙角去搬两根椽过来，斜竖在那儿，一会要往下溜瓦。梅亚桃把梅金砖跟前随后，她说：

“你记得房顶上曾长出一株玉米苗不？”

梅金砖说：“你说的啥年月的事，我一点都不知道。”

“在房顶的北边，两排瓦楞中间，绿格莹莹一株玉米，叶尖上还挂着露水。”

“看你说的跟真的一样。”

“姐咋能给你说假话呢。那露水在太阳光下一抖一抖，我的心也颤哩。”

梅金砖站住了。梅金砖板起他的五花脸。梅金砖瞪眼说：

“姐，我从来不跟你计较啥。我问你，是不是我盖房你不高兴？不高兴就直说么！”

梅亚桃说：“你胡说啥呢，我是你亲姐，就你这么一个弟，你盖房我偷着笑都笑不及呢。金砖，你不知道，玉米里包着一样贵重东西。”

梅金砖打断说：“你根本不是帮忙来了，你纯粹给我寻事呢！”

梅亚桃说："你胡说！那是一枚光溜溜的铜钱，让我心疼。"

梅金砖鼓一鼓腮帮说："姐，你不要逼我跟你翻脸。"

梅亚桃愣了一下，她看看梯子，对她弟梅金砖笑一笑说：

"你净胡说呢。现在，姐要爬到房顶上去。天爷，我要找见你，我一定要找见你。"

梅亚桃说完，直奔梯子而去。梅金砖失声喊道："姐你疯了你不要给我失人命！"他没有拦住梅亚桃。

蹭蹭蹭，梅亚桃非常敏捷地蹬上了房顶。

那时侯，已经盖好新房的梅跃进嘴里叼一支烟，背着手很得意地转过来，他对梅金砖说："你看你，咋能让你姐上房揭瓦呢。"

梅金砖给人说不清。梅金砖像猴子一样在原地转了两圈，然后一拳砸在梯子上。"啊嘿！"他说。

梅亚桃在房顶上滑了一下，可以看见她的屁股和后背在哆嗦。但她稳住了自己。她在瓦缝里很容易找到了那枚铜钱。她背对院子，就那么半蹲半爬在房顶上。没有人看见她此时的表情，也没有人知道那会儿她心里在想啥。下边的人都张大嘴在看她。过了一会儿，她慢慢转过身来，当郎，一枚锈迹斑斑的铜钱落在梅跃进的脚下。梅跃进愀然色变，扭头便走。梅金砖这时听见他姐梅亚桃在上边说：

"金砖，你给姐扶好梯子，姐马上下来去厨房做饭。"

第二辑　蝴蝶飞往哪里

一群蝴蝶栖落在一棵树上。它们是在飞行途中临时歇脚，还是在举行庄严隆重的集会？它们从哪里来，又将飞往何处？

不知道。

人当然不知道蝴蝶的事。

其实,人也不知道自己的事。所以,就有很多“事件”发生。来发与牛事件，韩宝库与苹果及狗事件，梅金砖与邻居康水厂事件，梅康社与麻子六及村长事件，梅金砖与蝴蝶事件，梅东朝与高杆事件，胡军胜与他的父亲胡庄庄以及电灯和布尔山羊事件，等等等等。

小说抵达人性深处，显示了人的心理的复杂和微妙，展示了人自身无法跨越的局限性，启示人应该怎样才能不掉进自己的心理陷阱。

好 牛

牛在山坡上吃草。放牛人来发躺在一个土坎旁，用树叶遮住脸，呼呼睡觉。入睡前，来发眯着眼看了看他的牛。这是一头三岁口的牛，毛色驳杂，两只犄角呈八字形，显得凶巴巴的。来发不怎么喜欢这头牛，平时很少给它吃料。“去，吃草去。”来发对牛说。来发晚上老做梦，现在很困，就睡着了。他这一觉睡得很死，没做什么梦。

来发睡觉时不知道牛的事。他没听见牛的吼叫。来发醒来后日已正午，春天的太阳红堂堂的。

来发看见牛站着不动，牛前面有一个东西，也不动。牛前蹄弯曲，后腿蹬直，脖子朝一边梗着。牛前面是一团斑驳的花点。来发揉揉眼，仔细看那团花点。

来发惊出一身冷汗。来发认出牛前面是一只豹子。他翻身跃起，把自己藏在塄坎下。牛和豹子依然凝然不动。来发小心地扔了一颗石子。还是不动。来发轻轻唤了一声牛：“嘿，狗日的！”牛慢慢摆一下头，就见那花豹像脱下的衣裳，缓缓团在地下。来发吁一口气，站起身。

来发没有亲眼看见牛和豹子之间的搏斗。豹子已经死了，咽喉处有一个窟窿，汩汩往外冒血。牛的眼睛布满血丝，它看见来发，噗地吹了一口长气。来发说：“啊牛。”牛又吹一口气，显出忧伤疲倦的样子，离开来发，默默去吃草。来发愣了一愣，扬扬手说：“吃去吧，吃去吧。”

来发扛起死豹子回家。他的牛给他弄了一只豹子。这样的牛，天底下真是少见。当初他从保当村花二百元买它的时候，只是觉得便宜，如今看来，它却是一条好牛。

“是我的牛，给我弄死了豹子。”来发对人说，“用犄角，戳破了豹子喉管。”

村里的人个个称奇，嘘叹不已。

“这样的牛，百年不遇。”

“真是神牛啊。”

来发被村里人说得耳根发热，一拍大腿，吩咐他老婆说：“蒸一锅白面馍给牛吃！”他觉得他现在很喜欢这条牛了。

来发陶醉在牛给自己带来的荣耀中，他坐到院里的一块石头上，看着死豹，一边给村里人夸他的牛，一边慢慢吃烟。

村里人走后，来发找出刀子肢解死豹。他小心翼翼地剥下豹皮，他拿定主意不卖这豹皮。他要把豹皮挂在家中最显眼的地方，使他的牛名扬百里。

来发收拾完豹子，又在石头上坐了一会儿，看见他老婆已蒸好白面馍晾在台阶上。他想，该把牛吆回来了，吃什么草呢，让它回来吃白面馍。

山坡上草很旺，绿汪汪望不到边。但牛没有吃草，牛卧在草地上，像一尊佛，半闭着眼养神。

“走，回家吃馍去。”来发说。

来发吹一声口哨，牛慢吞吞站起来，跟他回家。来发和他的牛从村街上走过时，感到有无数的目光在投向他。来发得意地嘿嘿笑着，不时张扬地拍拍牛屁股。

“啊哈。”他说。

牛走进院子，仰头叫了一声。牛在仰头之际，看见了挂在墙上的豹皮。牛发出一声低沉的鼻息，突然扭头突奔。牛没有看见石头，牛头碰在石头上，牛轰然倒地。

这一切发生得太快，来发像在睡梦中一样。半晌，他哀哀痛哭起来。

“我的好牛啊，你叫我怎么给人说啊。”

最后一只红富士

果园里摘完了苹果。摘完苹果的果园就很萧条了，仿佛挖掉眼珠子的人脸，看上去怪模怪样，不像个果园了。晚秋的风已有些凌厉，把乱糟糟的树叶拍打得哗哗作响。

果园主人韩保库中午把剩下的一堆苹果甩卖给果汁厂，转身向前来催账的村主任马堂交清某项收费款，此后他一头扎进房庵里，关上门，一直没有出来。几次曾有人在地头伸长脖子大声喊他，都没什么反应，倒是卧在树下的狗汪汪应了两声。

傍晚时分，韩保库从房庵里钻了出来，先眯眼看了看将要沉落的太阳，然后沿着园中小路走来走去,似乎在巡视他的果树。他在前面摇摇晃晃地走，狗跟在后面,疑惑地走走停停。“垃圾,”韩保库说。“全是狗屎,”韩保库说。“简直狗屎不如！”韩保库说。他说这后一句时声音很大，把狗吓了一跳。

后来，韩保库就看见了那只苹果。

他看见一棵红富士果树顶上还有一只苹果，亮亮的，在树叶中隐约闪现。可以断定，这是果园里的最后一只苹果。韩保库仰脸打量了一阵子，扭头对狗说：“树上还有一只苹果哩。”他指给狗看，但狗很茫然，几乎没有理睬。韩保库弯腰捡一块土坷垃，瞄了瞄，扔出去。土坷垃砸在另一条树枝上，碰碎了。他低头想寻找一粒石子，可他的果园太像个果园了，连一小块瓦片都寻不见。韩保库脱下一只鞋，朝手心吐点唾沫，照准苹果甩上去。还是落空了。韩保库便“咿呀”一声，往后缩一缩，突然纵身一跃，蹿上了树杈。那只红富士苹果挂在一条指向天空的树枝上，被夕阳一照，如同一只耀眼的红灯笼，在他眼前晃荡。他像偷摸别人婆娘的奶子一样伸手摸了一下，又摸了一下，然后他把它攥住，揉了揉，然后，拧了下来。

这是一只很漂亮的红富士苹果，韩保库把它托在掌心，仔细端详。他弄不明白，三亩果园怎么会偏偏遗漏掉这么好的一只苹果呢。

“红富士。”韩保库说。他想起八年前在保当村买这批树苗时，每棵国光苗十块钱，他觉得太贵，趁人不注意，临走的一刻闪电般从另一捆树苗中多抽了一根，大概就是这棵树了。他记得树干上画了两道红杠杠，是红富士的标记。那时，他万没有料到八年之后，遍地麦田变果园，苹果如粪土一般不值几个钱了。

现在，韩保库凝视这只苹果，他拿不定主意是该留作纪念，还是该吃了它。那条狗歪着头，看着他看苹果。在狗的眼里，韩保库这么认真看一只苹果的样子，是它以前从来没有见过的。“吃了它，”韩保库说，“吃了就干净了。”于是，他喀嚓咬了一口，嘴角流出一股苹果汁。他发现狗在看他，忽然觉得应该给狗也吃一口。“来，你守果园守了六年，应该给你吃一口最后的一只苹果。”

然而狗是不吃苹果的，它把脸摆向一边。

韩保库不满意狗的态度，瞪起眼睛说：“我务果园务了八年，你应该吃一口，不吃就不对了。”

狗根本不看苹果，把脸又拧到另一边。

韩保库再次“咿呀”一声，在狗脸上扇了一把，说：“你不吃？你竟敢不吃？”他揪住狗耳朵，把苹果硬往狗嘴里塞。这一招不奏效，他又将狗头使劲往下摁，一边说：“我今天倒要治治狗不吃苹果的毛病。村主任马堂三天两头让我交税交费，我不敢不交；我现在让你吃一口苹果，你竟敢不吃？”

狗毕竟不是人，它不懂这些，喉咙里呜呜地响，惊恐不安。韩保库抬腿狠狠踢了狗一脚。狗嗷嗷叫着跑开，但又不敢跑远，蹲在了路边。一双人眼和一对狗眼在暮色中远远对视起来。

天已黑，月亮只有半个脸，没多少光气。夜风似乎更尖锐了，果园里一片呼啸之声。韩保库在黑暗中站了片刻，然后进了一趟房庵，出来时双手背在身后，一步步接近那条狗。狗蹲在那儿不动，它大约知道有些事情一旦走到尽头，是怎么躲也躲不过去的。它已经没什么用了。它耷拉下眼皮，等待着。

韩保库非常顺利地将绳索套在了狗脖子上。他把它拉到那棵红富士树下，然后吊了起来。在狗张开嘴之际，他从兜里掏出那只果园里惟一的红富士苹果，填进一个并不太深的黑洞里。

后来，在满天星光下，他开始一棵挨一棵锯树。

邻 居

梅金砖和康水厂住隔壁，一个在东，一个在西。康水厂两年前盖了平房，去年又在上头加盖了一层，变成了一座像模像样的楼房了。康水厂还骑摩托，戴墨镜，日一声冒出一股蓝烟，人已经在村子外头了。梅金砖的房子十年来却没有什么改变，仍然是那种一边盖的厦子房。梅金砖买不起摩托，圈里也没有牛，只拴了一只奶山羊。在梅庄，两下相比，把梅金砖比得没有一点光彩了。梅金砖偶尔会看见康水厂双手叉腰站在二楼的廊台上，笑眯眯地朝这边瞄一眼又一眼，并且故意高声与家人说长道短。这让梅金砖心里很不舒服。但更多的时候，是梅金砖站在自家的院子里，目光中不怀好意，瞅着康水厂家高耸的屋脊，巴不得康水厂哪天干脆倒一次霉。

“张狂得很么，”梅金砖说。“你看那神气的样子，好像他能在半空中日鹞子。等着看么，谁见过花有百日红？”

梅金砖终于等到了这一天。康水厂骑摩托去双庙镇办事，在保当村岔路口栽了一跤，右脚踝骨粉碎性骨折。

“哈！”梅金砖说。他美滋滋地往喉咙里灌了一小壶酒。不过，作为邻居，梅金砖倒是过去看望了一回，但转身回到家里，又喝了一小壶酒。因为，他亲眼看见了康水厂脚上打着厚厚的石膏，稍一动弹，就疼得直咧嘴。“哈，他最少需要养一百天。”看着康水厂成了这么个样儿，梅金砖咋能不喝酒呢。

从此，梅金砖像兔子一样经常竖起两只耳朵，凝神谛听隔壁的动静。有时候他索性把耳朵贴在墙缝处听。界墙是土墙，康水厂没有推倒它用砖头来砌，这事说来多少有些扯皮，因为梅金砖目前并没有承担一半费用的打算。这样的一墙之隔，其实没有多少秘密可言，梅金砖甚至清楚康水厂服的什么药，以及什么药起什么作用。比如，芬必得是消炎的，云南白药是接骨长骨的。梅金砖还掌握了康水厂每天起居的规律，天一亮，康水厂就被一泡屎憋得叫起来；中午十二点左右，他必定尿一次。梅金砖能听见康水厂尿到尿盆的声音。

梅金砖觉得知道这些还不够，于是往界墙上靠了一把梯子，时不时爬上去往康水厂家的院子和房厅瞅一眼。这样做虽然有些见不得人，但在梅金砖看来,如果不被发现,就跟没做一样。往最糟糕处说,即使让谁碰上了，又能怎么样呢，他会找一个借口说，我想给墙上钉一个木橛子哩。

康水厂接连挂了两天吊针，后来就下床了，他让他婆娘架住胳膊，右脚朝上翘着，在房厅里转了一圈。大概因为躺的时间太长，屁股上可能烂了一片肉，他咧嘴骂他婆娘碰到了他的疼处。梅金砖嘻地笑了一声，赶紧把脑袋缩下去。再后来，康水厂自己拄着拐棍开始在院子里一跳一跳的，那样子滑稽而惹人高兴。康水厂背朝界墙的时候，梅金砖尽情地看；一旦康水厂转身，梅金砖就迅速压低身子，墙头上便光秃秃的什么都没有。梅金砖估计，康水厂的脚最终好不到哪里去，想想，从飞一样的摩托上栽下来，虽然没有丧命，但起码会留下一点点残疾。所以，有时候梅金砖猫在梯子上一笑就能笑半个时辰。

但是，梅金砖的兴奋没能延续多少日子，因为不久发生了一件事。

那天上午，梅金砖的羊从圈里钻出来，照直跑向界墙根下的梯子，在梯框上磨犄角，把梯子弄倒了。羊也倒了。羊哀哀叫着爬不起来。羊再也没有爬起来。

下午，梅金砖垂头丧气地剥羊皮，猛一抬头，看见康水厂架着拐棍站在他家的楼梯上，正笑眯嘻嘻地朝这边看。

偷窃者

梅康社每天去县上蹬三轮车拉脚，傍晚时分回家。梅康社是个勤快人，春夏秋三个季节，他回来时，几乎天天车上都有一捆青草，是他沿途割的，喂他家的羊。冬天，梅康社如果遇不上顺道的人或货物，他就在城边捡一些烂纸箱什么的扔到车上，积少成多也能卖些钱哩。梅康社住在村子西头，一般没有几个人能碰上他。

这一天，跟往常不一样，梅康社回来得有点晚，三轮车上搁了一副半旧门窗。他有些慌张，临近村子，越发猛踩脚踏板，路面又不平，门窗便咣当咣当响个不止。当时，没有人看见梅康社，但梅康社看见了一个人。他从后背认出那个人是隔壁的麻子六。看样子麻子六是去野地里大便过了，正一边系裤带一边进村口。梅康社突然刹闸停住，弄出了很刺耳的响声。麻子六诧异地回头看看，自言自语了一句，继续往前走。梅康社头上冒出一层虚汗，屏住气，等麻子六进了自家的门，他才又谨慎蹬车。一回到家里，梅康社马上把头门关了。他感到麻子六好像猫在门旮旯观察他。他感到他的心呼突呼突乱跳哩。所以，他关门关得很小心，结果弄出的响声却很大。咣当！

第二天，梅康社没有出门，他一大早蹲在界墙根下，密切注意隔壁麻子六的一举一动。他听见麻子六一声接一声咳嗽，清除喉咙里的痰。麻子六吆喝牛，刺刺地挤牛奶。麻子六的脚步噗沓噗沓的。麻子六喝稀饭嘴唇在碗边弄出响亮的声音。麻子六出去了。麻子六下午又挤牛奶，这回奶桶里发出哗哗的声音。有人到麻子六家里来，借了一样东西就走了。麻子六没有对那人说题外的话。看起来麻子六并没有发现那副门窗，不然，他早就当成新闻说出去了。但是，梅康社仍然不放心。他的心一缩一缩，又一浮一浮的，一直悬着。他到现在也不明白，他好好的往梅庄赶，怎么就起了一下贼心，把人家工地上拆下来的门窗搬到自己的三轮车上了。偏偏又让麻子六看见了。如果没有被人发现，他就还是梅康社，但让人看见了他就是个贼了。麻子六不会看不见，虽说那时已经天黑，可麻子六的一对小眼窝亮得很，看人时扑闪扑闪的，他咋能看不出一点蛛丝马迹呢。

梅康社搬来梯子搭在界墙上，爬上去探头探脑地观望麻子六的活动。人心里一旦装着什么事，是能够看出来的。他要再次证实一下，看看麻子六是不是真的发现了自己昨晚的事。

梅康社这一看，看到了麻子六另外的事情。他目睹了事情的全过程。他把心放回心窝里，轻松地舒一口气，跳下梯子。梅康社匆匆给自己戴上一副墨镜，一脚跨出头门去，他现在一点也不怕麻子六了。

麻子六那时侯已经给牛拌了一槽草，很消停地在门外抽烟。梅康社走到麻子六跟前，有些卖弄意味地扶一扶墨镜，说："咱两个，猪黑不笑老鸦黑。"

麻子六莫名其妙，使劲扑闪他的一对小眼窝。他有点不认得他的邻居了。"咦？"麻子六说，"又是冬天，又是后半晌，太阳蔫得没有多少光气，康社你戴副墨镜？"

"哈，"梅康社说，"我觉得戴上它很有必要。"

"你今天没上县里去蹬三轮车？"

"咱两个，谁也不要说谁。"

"你站在眼镜背后说话，我弄不懂你的意思。"

"揭明说，你往牛奶里掺假，我拿了别人一副门窗。"

麻子六的一对小眼窝瞪圆了。麻子六说："你偷了一副门窗？"

梅康社惊讶地说："你不知道？"

麻子六说："可我现在知道了。贼，你是个贼娃子。你贼娃子没有资格说别人。"

梅康社把墨镜摘下来，看看麻子六，又重新戴上。梅康社说："哈，难怪你每天交那么多奶，原来有一半是面汤！"

"咦？"麻子六说。

"好家伙，把洗衣粉也敢往里面兑！"

"咦咦？"麻子六说。他做事一向隐秘，居然让梅康社给揭穿了。但他决不会承认。"你胡说，你纯粹胡说！"

"我看得清清楚楚！"

"连药水都化验不出来，你说你看见了不顶用。"

梅康社又扶扶眼镜，很气愤地说："好家伙，难怪你养奶牛哩。我天天蹬三轮，却只能养只羊。"

麻子六说："你也养么，你哪怕养匹骆驼哩，你哪怕往奶里掺尿哩。"

梅康社说："我不会做危害人的事。"

麻子六站了起来，他把胳膊朝村街上一扬说："反正你是个三只手的贼娃子！"

他们这么吵着的时候，村长马堂不知从哪儿钻了出来。马堂自从当上村长以来，就把以前双手背在身后的习惯改了，他一只手插在裤兜里，一只手插在上衣口袋里，在村子里一晃一晃地走来走去。他认为这个样子比较严厉，能让人服他。

马堂说："啊，你们吃饱饭没事干，在村街上吵架啊？"

梅康社和麻子六互相看看，然后同时看着马堂。

麻子六抢先说："村长你没有想到梅康社会偷人，是个贼娃子吧？他偷了人家一副门窗，还来跟我吵。"

村长马堂说："啊？竟有这样的事？"

梅康社动了气，他将墨镜取下来，一把摔在地上。

"他害人性命，往牛奶里掺洗衣

粉！”梅康社说。

村长马堂说：“啊？还有这样的事？”他把一只手从裤兜里拿出来，另一只手在上衣口袋里摸搓一堆烟末。他觉得这两件事情都应该管一管。

“你们两个，”村长马堂说，“看看，一个在牛奶里掺假，一个偷人门窗，什么事都能做得出来！”

麻子六和梅康社不吭声。

村长马堂说：“依我看，按你们两个人事情的性质，需要罚款。啊。”

梅康社像害牙疼似地吸一口气。麻子六眨巴着小眼窝，依然不吭声。

“罚他。他养奶牛发了财。”梅康社说。

村长马堂说：“啊，罚一次对你们也是个教育。”他在上衣口袋里的手捏出一撮烟末，伸到嘴边吹了。

麻子六忽然呵呵笑起来。麻子六说：“村长你手指头上沾的烟末没吹净。”

村长马堂严肃地说：“你打岔也没有用，罚是一定要罚的。”

“罚他。”梅康社说。

麻子六又怪模怪样地笑起来，说：“罚是该罚。但有些人怕不光是个罚的问题。有件事情我一直在心里憋着，今天我倒想说一说明白。”麻子六停一停，目不转睛地盯着村长马堂。“我媳妇给我说，有人趁搞计划生育，乱摸人家奶头，还捏大腿根。这怕是犯了国策哩！”

梅康社捡起他摔碎的墨镜，本来要往一块儿拼，听见麻子六这么说，眼睛和嘴巴都张得大大的。他说：“真有这样的事？”

村长马堂喉咙里呜啦了一下，然后不作声了。他把一只手伸进口袋里继续搓烟末，捏住一撮拿出来，看看，又放回口袋里。“你们两个，”他说，“啊，你们两个真乏味，有什么好吵的呢？有些事……”他说了句半截话，扬长走了。

梅康社和麻子六眼睛对眼睛看了一阵子，然后回家了。

“回。”他们说。

一树蝴蝶

有人对梅金砖说："你家东堰地畔的构树上落满了蝴蝶，像穿了一身花衣裳，好看死了。"梅金砖翻翻眼皮，很敷衍地啊哈了一声，说："不就是些蛾子么。"又有人走过来对梅金砖说："有福之人两腿毛。金砖，你看你腿上的毛，又密又长，运气来了挡都挡不住，奶牛头胎下了母牛犊不说，蝴蝶也飞到树上来了。你不知道？快看去，一树蝴蝶，哦，叫蛾子也行，比一树花花票子还惹眼。我说，我真想把球毛拔下来栽到腿上哩！"

那时候，梅金砖正和他婆娘赵麦杏在麦草垛旁给牛铡草。他手握铡刀把，裤腿挽在膝盖上头，飞扬的尘土在他脸上有窟窿的地方染成几个圆圈，头发和腿毛上面像结了一层黑霜。他扭头越过大片的油菜地和麦田上空，朝东堰方向望了一眼，对赵麦杏说："去看看？"赵麦杏在口罩背后呜啦说："我不管。"赵麦杏给牛铡草的时候总戴口罩，她害怕灰尘钻进嘴里会得肺气肿。梅金砖说："我真的想去看一下。"他丢开铡刀，蹦到地头的塄坎上，仰起脸对着太阳打一个喷嚏，又呸呸呸吐几口脏唾沫，耸起背钻进油菜地细小的田埂消失不见了。

不多久，梅金砖回到麦草垛旁，对赵麦杏轻描淡写地说："没啥特别的，不过是一大群蛾子在树上。"他看见赵麦杏手指间捏着一只蝴蝶，惊讶地说："你逮蛾子干什么？"赵麦杏说："我一个人没法铡草，正好一只蝴蝶飞过来，我一伸指头，竟捏住了。呀，真的好看死了。是蝴蝶，不叫蛾子。"梅金砖说："唔，叫蝴蝶比较好听。"

他们接着铡草。梅金砖有些心神不宁。梅金砖说："它们在树上干什么呢？一大群，成千上万，一只挤着一只。"赵麦杏说："这个事没有谁能弄明白。有没有人围着看？"梅金砖说："你把口罩脱了说，我听不清。"

赵麦杏把口罩往下拉半截，说："我说咱们弄不清蝴蝶的事，蝴蝶也弄不清咱们的事。"梅金砖说："咱们的事？铡草这活太脏了，像埋人一样。"赵麦杏说："你真相信有福之人两腿毛？你信？没福之人还毛两腿哩！"梅金砖说："啊哈，我没说啥。"赵麦杏说："我看你好像动了啥心思。"梅金砖愣了愣，很不耐烦地说："铡草铡草，离收麦没多少日子了。"

他们继续铡草。但是，显而易见，梅金砖脑子里一定装上了让他分心的事情，看起来他的眼睛一直盯着铡刀刃，却几次险些把赵麦杏的手指头给铡了。赵麦杏说："你想要我的命咧？"她把右手朝空中甩了甩，"折了手指头谁给你擀面吃？"梅金砖龇牙笑一笑说："看你说的。我在想，构树是很普通的树，怎么会招惹蛾子噢蝴蝶呢？"赵麦杏没搭腔。梅金砖说："不行，我还得去看看。"他说得十分干脆，走得也干脆，一溜烟向东堰奔去。

这一次，梅金砖没有再回来。太阳偏西时分，赵麦杏斜靠在麦草垛上已经睡过一大觉了，她揉揉眼睛，看看四周，没有梅金砖的影子。她回家匆匆做了午饭，让放学回来的女儿亚梅先吃，又给牛槽里添了半桶麸子水，然后坐到门槛上等候梅金砖。挤奶的时间到了，但她不会挤，怕挨牛蹄子踢她。后来，她直接寻到东堰来了。

四月天，太阳下，黄的油菜和绿的麦田夹杂着连成一片，铺展到天地尽头去。道路窄逼，看上去像一些撕裂的缝隙。赵麦杏就在这样的一个缝隙里看见了梅金砖。一条小路从堰畔绕过来，连接到通往双庙镇的大路上。梅金砖盘腿坐在丁字路口，眉飞色舞，向一群伸长脖子张望的行人说："好看死了，好看死了，一树蛾子噢一树蝴蝶。一块钱可以到树下看个仔细，比西湖景还有看头。"那棵构树下，果然有几个人仰头围着树转圈看，并且连声发出赞叹："哈，花蝴蝶，公的母的在这儿集体约会哩！""好看死了，真稀罕！"

赵麦杏拍了一下大腿。赵麦杏说："我等你等不见，挤奶的时间超过两个小时了，你却在这里享清闲。"梅金砖说："啊哈你来得正好。回去给咱亚梅说，让她到学校宣传去，你也到保当村仁村小留村宣传去，说梅庄东堰有一棵构树，一树蝴蝶好看死了，叫他们都来看。"赵麦杏说："我挤不成奶，牛不认我。"梅金砖说："我顾不上。"他看见从双庙镇过来的人越来越多，朝赵麦杏挥了挥手。"少罗嗦，快回去办事去。"赵麦杏说："你好像吃了屎了。"梅金砖没听见这话，他对聚在跟前的一群人说："西湖景谁见过？没见过吧？一树蝴蝶赛过西湖景。看，它们在树上开大会哩，展览哩，公母约会哩。掏一块钱过去观看。”

后半晌，赵麦杏又来过一次，她身上沾满尿泥。“牛把我踢倒了。”她说。“牛的奶头结了硬块，快成坏奶头了。”梅金砖头也不抬地说：“不管。”他正在点一沓毛票子。

消息传播得相当快，第二天和第三天，四乡八村的人大量涌来，交通一度都堵塞了。人们说，一辈子没见过啥好东西，花一块钱看个稀奇，也值。梅金砖忙得汗流浃背，因为总有人想钻进旁边的油菜地里绕过他。“不行不行，得有个规矩么！”他这样大声吆喝说。

正午，太阳照在头上热烘烘的。梅金砖一连几天几乎没睡过觉，这会儿迷瞪起来。突然，他听见了一个声音，他脑子里“嘣”的一声，又脆又响。接着，他看见满眼蝴蝶纷飞，飞呀飞，只一忽儿，树上空了，一只都没剩下。

梅金砖咿呀呀叫了两声，跑进油菜地里，两手向空中扑抓蝴蝶。他抓到一只，举到眼前反复观看。后来，他在梅二的小卖铺买了几盒图钉，将捉到的蝴蝶一只一只钉到树上去。

高庄的高杆

关于高庄的高杆，梅东朝所知道的跟其他人差不多一样多，仅限于一些传闻。但是，少年梅东朝喜欢耽于幻想，常常独自一人站到梅庄外头的土坎上，仰起脖子，面朝高庄久久凝望。当然，他看不见高杆，隔着二十多里的距离，他只能凭借从传闻中获得的一鳞半爪的信息，自个儿在心里反复琢磨。他想，高庄的高杆真的是指挥空中飞机的吗？在夜晚，高杆发一个信号，飞机上的灯果真就扑闪一下吗？高杆的地底下是不是有一个秘密工厂在制造秘密武器？如果把耳朵贴在地面上，真能听见坦克在地下运行的隆隆声吗？高杆周围是个什么样的地形呢？四角暗堡里的机关枪真的会向敢于靠近高杆的人射出一串串子弹吗？梅东朝想，唉，自己真是生错了地方呀，要是把高庄换成梅庄，该会有一种多么美妙的情景呢！我呀，我什么时候才能亲眼看一看那些高杆啊。

后来，梅东朝曾有一次机会路过高庄。他父亲让他到县城去卖土豆。平常，他们家的土豆都是在双庙镇出售的，但这回有一趟顺车，他父亲指望到县上卖个大价钱。梅东朝坐在别人的手扶拖拉机上，突突突，突突突，接近高庄的时候，他的心都快要跳出来了。然而天色尚未放亮，连村庄都模糊不清，怎么能看见细细的高杆的影子呢。卖完土豆由县城返回时，天已晚了，高庄和高庄的高杆笼罩在漆黑的夜幕中，孤独的车前灯只照在坎坷的土路上。突突突，突突突，高庄一忽儿就被甩在后头了。有几回，他心里涌出跳下车的冲动，但他没跳。因为是别人的车，他又不能提出停车的要求，所以，他依旧什么也没有看见。但实际上，他还是大致估摸了高杆的方向，在黑暗中拧着脖子使劲看啊看啊，把脖子都拧酸了，眼睛都看疼了。

现如今，梅东朝已经长大成人，他在九月的某一天，突然萌生了到高庄去一趟的强烈念头。他要徒步去看那些高杆。梅东朝对他的小婆娘说，我晌午把牛圈里的粪拉到玉米地头，后晌要出一趟门，去高庄。他的小婆娘给他眯眯一笑说，你去么，我知道你心里头一直装着一件什么事。梅东朝说，我没有办法，一件事窝在心里十几年，就像豌豆发苗顶土哩，隔几天冒一下，冒一下，我难受。我不能不去呀。他的小婆娘又给他眯眯一笑说，你去，没有人拦挡你么。你路过双庙镇给我卖一块香皂。梅东朝在他的小婆娘脸蛋上捏了几捏，甚至还亲了一口。

下午，梅东朝从梅庄出发，翻过底角沟，走过保当村，在双庙镇临公路的日用百货店短暂停留之后重新上路，不一会，他就看见高庄了。高庄座落在一道山梁上，果然像它的名字一样真的是高啊。经人指引，再往前走一段，又拐了一个大弯，在高庄村外一条沟岔口的平地上，他远远地、隐约地看见那些高杆了。噢，高杆。噢噢，高杆。曾给人无限梦想的叫人日夜心神不宁的亲爱的狗日的高杆啊。它们一根又一根，那么细，那么高，又直又匀称，拔地而起，直指天空。

梅东朝一步一步靠近高杆。那儿很静。九月中旬这一天后半晌的太阳依然轰轰烈烈。梅东朝头上冒出一层细汗。他看见阳光下高杆像一条条通天的金柱子。他的身体有些发抖，心中恐惧起来。他警觉地搜寻着暗堡，左右晃动，以躲避随时可能射过来的子弹。而同时，恐惧又给他增添了力量，使他继续不停地走向高杆。

他终于来到高杆的近旁了。没有遇到什么危险，也没有什么人上前盘查他。这让他稍稍感到意外。他俯身把耳朵贴在一处地缝上，想听到点啥。他听见吱地一声，一只黄鼠从他的脚边蹿过去了。他抬起头，看了看高杆四周。恍惚间，他觉得他进入一个极不真实的地界了。高杆杆身锈迹斑斑，红灿灿的十分丑陋。半人高的荒草摇来摆去，没有一只蝴蝶在其间飞舞。蛛网把高杆和离高杆最近的野草网粘在一起。野鼠成群结队，蹿来蹿去。哦，不真实不真实，这怎么会是真的呢？

梅东朝跌坐在一丛烂草上。他眼里溢满泪水。他说，我哭了。他说，我真的哭了。他想起半年前他的小婆娘忽然小产，看着那块属于他们的血肉疙瘩，他的小婆娘泣不成声，对他说，你、你哭呀。他没有哭。那时他也想哭，但哭不出来。现在，他想大放悲声哭一场，为高庄的高杆。

这时候，走过来一个背着一捆青草的人，站住问他：你这么一个高高大大的人，在这里哭什么呢？

梅东朝吸溜一下鼻子说，我？我想哭一哭。狗日的高杆啊。啊啊啊。

背草人吃惊地说，噢，你说这些高杆？唉，这些烂铁杆……我给你说，这是早些年备战备荒时搞出来的，占了我们的地，此后再没有人来管过。我给牛割草，经常看见黄鼠像耍杂耍一样爬上杆顶。噢，我知道了，外面的人把这些杆传得很神奇，骗人哩，其实球也不是。唉，天色不早了，你快回去吧。背草人叹息地摇摇头，把草捆往肩上耸一耸，又说，造孽呀，也许还会有人为高杆而来。

结束了，完了，没有了。梅东朝慢慢站起身，感到自己十分虚弱。他伸开双手看看，他给他的小婆娘买的香皂不知道丢到哪儿去了，只在手指间留下一点余香。他两腿沉重，觉得回家的路很遥远。

好东西在哪里

胡军胜在外头打了两年工，然后回来了。他对人说："城里好是好，但好东西全是别人的。好吃的好喝的是别人的，女人是别人的，轿车是别人的，连拉屎尿尿的地方都是别人的。好有什么用？不如回到村子里，我是我自己的。"话虽这么说，可过了几天之后，胡军胜觉得梅庄其实很没有意思。

梅庄跟其他村庄一样，早上天一亮，家家打开头门，用扫帚在门前划拉几下，接着，你出来我进去，一整天忙忙碌碌的不知干些啥名堂；太阳一落山，暮色四合，家家门户紧闭，街上一片漆黑又悄无声息，好像整个村庄钻到地底下去了，好像地球上没有这个村庄了。所以，胡军胜觉得梅庄真的很没有意思。

上午十点多钟，胡军胜走出家门，穿过街道，离开村子径直到北边的阳峪岭去。他想在那儿寻一阵子清净。事实上家里也够清净的，麦子已经下种，又没有别的事情可做。不过，胡军胜不喜欢家里的感觉，因为他父亲胡庄庄总吊着个长脸在院子里走来走去，不时为布尔山羊的事唉声叹气，让人不舒服。

节令已过寒露，搭眼望去，四周一片乱糟糟的。果园的树叶还没有落尽，玉米秆横七竖八地散落在地里，麦苗只探出一点黄芽，连土坷拉都遮不住。胡军胜不看地上，看天空。他看见空中有一只鸟在飞，便仰起脸朝它吹了一声口哨。

翻过底角沟，又过一道梁，沿着一条弯曲的小路就到阳峪岭的最高处了。胡军胜找到一个合适的斜坡半躺下去，用胳膊肘支着头，眯起眼打量梅庄。他从来还没有隔开这么一段距离认真地打量过梅庄呢。冬天尚未到

来，太阳依然温暖，明亮的光线如同绸缎一样又柔软又光滑。从眼缝望出去，梅庄渐渐模糊，变成了一条黑色的细线；睁大眼，它又清清楚楚了。哎，这个梅庄哎。在深而远的天空下，在岭坡平缓的地方，梅庄被树木遮盖着，不像一头牛，也不像一只羊，而像一块贴在地上的膏药。哎，膏药，胡军胜说，真的像膏药。胡军胜想，梅庄夜晚的街道太黑太静了。胡军胜想，梅庄应该有点什么事，它不能老没有事。胡军胜这么想着，睡着了一会儿。

胡军胜呼一声坐起来。胡军胜揉揉眼走下阳峪岭。胡军胜推开他家果园房庵的门。胡军胜愣住了。屋子里烟雾缭绕，四五个半大不小的孩子围在一起玩扑克牌。胡军胜惊讶地说："你们干什么？"很显然那是几个逃学的初中学生，个个嘴里叼着烟，扭过头，表情怪异地对胡军胜笑。一个说："上午的课没意思，老师胡讲呢。"另一个说："我们死活念不进脑子里去。"胡军胜像他父亲那样咳嘘了一声，说："你们，看看这梅庄，像一块膏药。我以前没有用功念书，不然，城里的好东西就有我一份了。你们，自毁前程啊。"几个初中学生哗一声笑起来，说："考不上学的人一茬子呢。我们跟你一样。管毬那么多。"胡军胜也笑了。但胡军胜忽然一挥胳膊吼了一声："出去！"他又说："都滚出去！"他从墙角扛起一根木椽走出来。他是到房庵里去取那根木椽的。

下午，胡军胜在他家门前的街道边竖起一根木杆，然后找到村上的电工梅跃进说：

“扯二十米电线，接一只电灯挂起来。”

梅跃进眨巴着眼睛说：“我不明白你的意思。”

胡军胜说：“村子里应该有点事。夜晚太黑了，没一点人气。”

梅跃进绕着胡军胜转了一圈，上下打量着他说：“你给街上扯电灯，让梅庄变得亮堂？”

“我不想让黑夜淹没了村子，看上去像一块膏药。”

“胡军胜哎，你进城打工两年，叫人认不得你了。”

“城里没有黑夜，街道和广场彻夜通明。”

“地方不一样哎。”

“好地方都这样。依我看，梅庄应该发生点什么事情。”

“好，你弄么。”电工梅跃进说，“我现在就给你接线。你哪怕在灯下耍猴呢。不过，电线得从你家电表里走。”

这时候，胡军胜的父亲胡庄庄突然冲了过来。他说：“我不同意！”左手在屁股上拍打了两下。他右手牵着一只布尔山羊，刚从双庙镇赶集回来。这只羊让他伤透了脑筋，五个月前两千多元买进，今天买主只出到三百元。他两眼血红，愤怒地瞪视着胡军胜。

胡军胜对他父亲说：“这是我自己的事，你回。”

“我不同意！”胡庄庄说。他倒了一下手，右掌又拍打在屁股上。“鳖大头才耗财呢！”

但是，胡军胜的父亲胡庄庄没有能够阻止胡军胜。当天晚上，梅庄的街道上亮起了一盏黄灿灿的电灯，一群孩子追逐打闹到小半夜。

不久，梅庄果然发生了一件天大的事情：一只布尔山羊被吊死在灯下的木杆上。

底角沟事件

从县城往北，到底角沟大约有十里路程，虽然离得不远，可那里是个偏僻地方。其实沟也不甚大，是那种土沟，但站在上边往沟底看，蓝汪汪的一沟雾气，半崖上斜生的树木隐隐约约，不知名的飞鸟不时划过一两声怪怪的鸣叫，会令你有些眩晕，产生一种身临险境的感觉。平常日子里，除过偶尔有个别心血来潮的年轻恋人来此玩一次浪漫外，几乎看不见几个人的身影。冬天，人们可能把这儿都遗忘了。

丁石旋不是恋爱中人，却偏偏喜欢底角沟。每天下午，他从位于东大街的县文化馆出来，跨上车子，一路晃悠晃悠朝北行，三十多分钟后，他就站在底角沟崖边了。现在是春天，底角沟色彩斑斓。从沟道里吹来的风夹裹着浓郁的草木野花的气息。丁石旋面沟而立，风吹扬着他乱蓬蓬的头发，鼓荡起他浅咖啡色风衣的衣角。他那么站着，他本人也成了底角沟的一抹风景。

在丁石旋眼里，底角沟是迷人的。他不希望在这里碰见什么人，他需要独自沉浸在他必须用心涂抹的底角沟春天绚丽的色彩里。

但是，这一天黄昏，丁石旋意外地遇见了一个人。一个衣着鲜艳的年轻女人由一条细瘦蜿蜒的小道踽踽而来。丁石旋心中惊讶，将目光投了过去。

这是一个漂亮女人，在夕阳下，在底角沟的背景中，她看上去显得十分辉煌。丁石旋揉了揉眼睛，啊，这不正是他渴望捕获的一个画面吗？如果这女人也骑一只赤豹，身披芳草，手中拈几束野花，她活脱脱就是两千多年前屈原在楚地曾看到过的美丽的山鬼了。只是凭经验判断，丁石旋认定她不是来赴约会的。女人走向沟崖。女人像一个盲人一样双目平举，一无所见地一步一步接近崖边。

这个女人要走向深渊。她选定二十七岁生日这一天来结束生命。但是底角沟有丁石旋，在她正欲纵身的一刹那，丁石旋扑上去将她拦腰抱住了。

这个女人在丁石旋的怀里挣扎了几下，安静了。她目光凄迷，对丁石旋惨然一笑，说："生命诚可贵，其实无所谓。你不该阻止我。"

丁石旋连声说："何至于这样？何至于这样？"

"我是一个丑恶之人。"

"你在胡说。你如此美丽，我不能容许我充当一个美丽毁灭的卑鄙的旁观者。"

"你不知道我的过去。我漂亮，我有钱，我生活优越，我在双庙镇有一个生意不错的服装店。突然有一天，所有的人都对我指指戳戳，全用鄙夷的眼光看我。我知道，正经做人的梦想破灭了。"

"哦，这仅是一点不幸而已。"

"一个将死之人不必隐瞒什么，我当过三陪女，出卖过肉体。"

"啊，是这样的。"

"你听我说完，然后放开我，让我去死。我真名叫丁芳芸，两年前我逃离灯红酒绿，隐姓埋名来到双庙镇，开始过一种新的生活。但我想错了。有人认出了我。一夜之间，全镇的人都知道我是个鸡。他们说我有性病，可能还有可怕的艾滋。我没有。但你对谁去说？我不能让医院出具一张证明，放大贴在门上，说明我是没病的。我曾经心甘情愿地忍受过不少男人来嫖我，但我现在不做了，我不能忍受人们对我羞辱的闲言和厌恶的目光。你说，我活下去还有什么意思？"

丁石旋双手仿佛被烫了一下，但接着，他把这个叫丁芳芸的女人抱得更紧了。他说："不可以的，你不可以的。这么点事情你会挺过去的。"

"我是丑恶的，这世界也是丑恶的，我活着没什么意思了。"

"你死了，谁来拯救你的灵魂？"丁石旋突然严厉地说。他甩了甩一头蓬乱的头发，瞪视着丁芳芸。

丁芳芸的身体剧烈战栗了一下，她仰起脸，眼里溢满泪水。"我没有勇气。"她喃喃说。

丁石旋扶丁芳芸站起来，双手按住她的肩膀说："你有勇气去死，也会有勇气来活。告诉你，我所经历的，并不比你平坦。我因穷困潦倒而导致孩子早夭、老婆离散，如今真正一无所有，只剩下一堆颜料和几支笔了。

可我对生活一点都不绝望，每天都好好地活着。”

“抱抱我。今天是我二十七岁生日。”

丁石旋热烈地拥抱了她。

这时候，丁石旋能感觉到丁芳芸内心的激烈撕扯。过去了。终于过去了。丁石旋看见了丁芳芸清亮的眼睛。果然，丁芳芸用一种重获生命后的新奇目光打量一眼底角沟，对丁石旋说：“今天遇见你，不该我命绝。你真的也姓丁吗？五百年前咱们真的是一家子吗？你能允许我叫你一声哥哥吗？”

丁石旋点头，又点头。丁芳芸再次扎进丁石旋怀里，嘤嘤啜泣。

丁石旋说：“好啦，好啦。记住我说的话，对付他人无端的羞辱，最好的办法就是对他报以微笑。”

丁芳芸说：“我永远记着你。我向你保证今后决不再萌生死的念头。我们还会见面吗？”

丁石旋习惯性地甩一甩头发，刮一下丁芳芸的鼻子说：“我已经答应了你叫我哥哥，等我完成了一件重要事情，我就会去看你的。”

他们在苍茫暮色中分手。一个朝县城，一个往双庙镇。一个回到县城文化馆的画室里，一个回到双庙镇的服装店里。

大约二十天以后，一天晚上，在双庙镇的服装店里，丁芳芸关了店门，坐在沙发上看电视。她突然看到了县电视台播出的一条骇人听闻的消息：昨天，县文化馆画家、二级美术师丁石旋死于城北底角沟。警方排除了他杀的可能，因为从死者的口袋里发现了一张丁石旋生前亲笔书写的纸条，上写“我的死与任何人无关”。另据警方透露，在丁石旋的居室兼画室里，一幅尚未完成的大型油画的画布上，有人用刀子捅了三个难以弥补的窟窿。至于这三个窟窿是何人所为，是否与自杀事件直接相关，警方正在进一步调查之中。

丁芳芸面对电视机，半天没有任何反应。“怎么会呢，哥啊，你怎么会这样啊？”她梦呓般说着，泪如雨下。

树 阴

一进入夏季，人都蔫了。天气炎热，人光想喝水，喝了水，又被太阳吸去，连身上的油脂也吸出来，黏乎乎的，一搓，净是泥条子。

麻子六整天就坐在村口的树下，脚旁放一只茶壶，不时端起来很响亮地咂一口。他打眯着眼，似睡非睡，喜眯眯的，享受阴凉。这是一棵长了二十多年的泡桐树，枝叶茂繁，树下阴凉很厚。

离泡桐树不远，是梅二的小卖铺。梅二在门前用石棉瓦搭建了一个小房间，支一块木板当柜台，上面摆了几排日用杂货。麻子六只需稍微歪一歪头，就能看到在小卖铺买东西的人。他发现他的小儿子的媳妇去得很勤，今天买酱油醋，明天买卫生纸，隔三差五还买两袋瓜子、一包方便面和口香糖之类。那小媳妇也不避麻子六，走路扭啊扭的，笑嘻嘻跟人打招呼，唇红齿白，样子很好看。有人故意大声和麻子六的小儿子媳妇说笑，不时朝这边瞟一眼，看看麻子六有什么反应。但麻子六基本上没有什么反应，确切说，他反倒有些得意，甚至还有些炫耀的意思。因为在梅庄，那么多年轻小伙子为找媳妇都伤透了脑筋，惟独麻子六的小儿子与众不同，进城打工不到一年，春节回来的时候就是两个人了。而且，那小媳妇既有模样又有文化，方圆村镇里绝挑不出第二个来。光凭这一点，麻子六在这个夏天就很有资格坐在树下，消消停停地打发一个个有阴凉的日子。

"我爱这棵树哩。"麻子六对人说，咂一口茶。

"要不是这个树，我想我怕熬不过这个夏天去哩。"麻子六又对人说。

康来站住了。康来不止一次听到麻子六说这样的话。他很忙，汗流浃背的，他正在备料、挖地基准备盖房。但康来这回停住了脚步，他努着嘴打量这棵树。桐花落过之后，树枝上结满了无果实的绿疙瘩，一嘟噜一嘟噜的。有几堆密密匝匝的枝桠相互交错，看上去像喜鹊垒的窝。那是泡桐树的一种病，过了一定树龄的泡桐无一例外都会害这种病，如同人脸上的老年斑一样。康来不努嘴了，又皱着眉头看树。一颗绿疙瘩突然砰的一声从树上掉下来，麻子六迅速做出一个用手护头的动作。康来弯腰捡起那绿疙瘩，捏在手里看看，说："日他妈这树病了。"

"树好着哩，"麻子六说，端起茶壶吸了一口。人身上有时也会长个小疙瘩，搔搔痒就好了。康来你看，阴凉这么大，太阳一点也晒不透。"

"我感觉不到。"康来说，"你悠闲得很么。"

麻于六说："这天能热死人哩。你看，身上这垢甲，一搓一大把。"

"你闲散么，你有功夫搓垢甲。"康来说。

"多亏这树。"

康来另换了一种姿势打量这棵树。

麻子六说："你有福气，有这么好的一棵树。"

康来说："你整天啥事不干，太轻闲了。"

"多亏你这树。又在村口，风头高。要不，我怕熬不过这个夏天去。"

康来没再接腔，扛着镢头去挖地基。麻子六看着康来油光闪闪的脊背，慢慢闭上眼睛，看上去像睡着了一样。

麻子六这时候不会睡，他的眼珠子在眼皮里骨碌骨碌转了两圈，又把眼睁开了。他扭头朝梅二的小卖铺喊一声，要了一包干吃面。他觉得一边咯嘣咯嘣咬干吃面，一边喝茶水，很有味道。

梅二有点跛脚，一颠一晃地送了过来，连连说："这东西好吃，好吃。梅二又说："你不用掏钱，你儿媳妇已经付过了，孝敬得很么。"

麻子六侧一侧身，看见他小儿媳妇像在水上走一样，一边往嘴里塞东西，正一飘一飘地穿过街巷。这么望过去，可以明显看到她的肚子已经凸了起来。麻子六心中欢喜，仰起脖子很畅快地咽下一口茶水，然后呵呵笑起来，说："康来这树不错，拿钱都买不来这么好的阴凉。"梅二见麻子六兴致这么高，不好马上走开，就发感慨说："人不能在一块相比，就说康来，你们两个年纪一般大，一个享清福哩，一个还像长工一样给儿挣命呢。"

麻子六听得很舒服，又端起茶壶，但茶壶空了，他干咂一口，对梅二说："我今天心情格外好，也让你把钱挣个美，再要一瓶啤……汽水。"梅二说："好，好，刚从井里吊上来的，跟冰镇的一样。"

正午，麻子六真的有点犯困，不用他闭眼睛，眼皮忍不住自动就合上

了。这期间，梅二的小卖铺发生了一点事。一个小孩趁梅二不注意，伸手去抓水果糖，结果把两瓶啤酒撞翻在地上，叭叭两声，像爆竹炸响一般。麻子六惊了一惊，眼又合上了。梅二大声吆喝着，让小孩的家长赔钱，小孩吓得哇哇大哭，撒腿便跑，梅二在后头追。许多人围在那儿嗡嗡嘤嘤议论着观看。梅二跳起跛脚说："你爸没钱，叫你爷康来赔钱！"

那时，康来急匆匆回老屋取铁夯，正好迎面碰上。康来扇了孙子一巴掌，然后一声不吭从身上搜索出几块钱甩给了梅二。麻子六不太清楚这些细枝末节，他迷迷糊糊翻开眼皮，一眼看见了康来。一看见康来，麻子六睡意顿消，一点也不瞌睡了。

麻子六说："康来你心盛，三伏天气里给小儿子盖房打算取媳妇哩。"

康来脚步一犹豫，站住了。他又望他的树。

"这树是咱两个一起栽的，"麻子六说，他没有注意到康来的脸色有多么难看。"它是保当村的树苗。栽完后你还往树坑里尿了一泡。你运气好，生产队散伙时这树分给了你。看，身上这垢甲。"

康来瞅了瞅麻子六身旁的干吃面袋子、茶壶和空汽水瓶子，说："你还真能吃出花样来。"走了。

午饭后，天热得狗吐舌头，连苍蝇都飞不动了。康来走过来对麻子六说：

“你在这儿坐不成了。”

“咦？”麻于六说。

“你笑话我。我小儿子二十八岁了还没娶媳妇，才准备盖房。你整天坐在我的树下笑话我。”康来说。他的二十八岁的小儿子手里提着一把明晃晃的锯子，吹胡子瞪眼站在一旁。

麻子六说：“咦？我不懂你的话。你过你的，我过我的，过得好不好都是自己过的。我笑话你？”

“你走开，你在这里眼高风凉不成了。”康来说，“我的树，我要锯倒它。”

“好好的树，你伐它做什么？”

康来说：“自己的树，把它劈碎当柴烧也由我。”

麻子六说：“树是你的，但这地方是官家的。”

康来的小儿子狠着脸，抬脚踢了一下树身，满树的绿疙瘩噼里叭啦像下冰雹一样砸下来。麻子六脸上的麻坑痉挛似地抖动着，他一手护头，一手护茶壶，说：“康来，这么热的天，咱不吵架。”

“我没功夫跟你吵，”康来说，“我要锯树。来，搭锯子。”

麻子六说：“我不走，看你敢把我压死？”

康来给他儿子丢个眼色，说：“去，把他抬起来撂到一边去。”

麻子六慢慢站起身，抬头看了看太阳。梅二小卖铺那儿聚了一堆人，表情怪模怪样地朝这边看。麻子六抱住茶壶走到太阳地里去。他跳一下脚，骂了句什么。

康来没听见。康来和他的小儿子吭哧吭哧锯树。所有在场的人，没有谁能说清康来为什么要锯树。

第三辑　白天与黑夜

太阳升起来是白天，太阳落下去是黑夜。天阴天晴，下雨刮风。每个村子都有树木，最高大的那棵树上还会有鸟窝，鸟窝看上去就像大树的眼睛，时刻打量着村子里的一举一动。

粗砺的生活，纷乱的心，悬浮的情感，膨胀的欲望，生存的恐惧，怪异的行为……小说以客观冷峻的笔法，对国民性进行深刻剖示，再从人格批判到文化批判；通过对日常生活的叙写，平淡中见奇崛，又在奇崛中发掘普遍性的意义，在日常性中揭示存在的真相。作品不嚣张，不强加，不花巧，不乖戾，不虚与委蛇，但却蕴涵着悲天悯人的情怀，直抵心肺。

岔 口

双庙镇逢集那天，来发想来想去没什么事可做，就出门顺官道胡乱转了一趟。回村时，他在通往保当村的岔路口捡了十块钱。本来他已经走过去了，可是觉得那儿好像有个糖纸一样的东西往眼里钻，心里不踏实，便倒回去看看。果然有个东西，揉得皱皱的，捡起来一看，竟是十块钱。他把它仔细展开，对着太阳照一照，千真万确，就是十块钱。

“啊哈，十块钱。”来发说，“我捡了十块钱，没一个人看见。”

来发捏着捡来的十块钱去逛双庙镇。他买了二斤肉，三斤豆腐，二斤葱，准备跟婆娘娃好好吃一顿。

“蒸肉包子。”来发走进门对他婆娘说，“好事寻人呢。”

他婆娘正坐在春天的太阳下低头择灰灰菜。“我没长吃肉的嘴，”她说，把身子拧到一边去，“只要天天有灰灰菜下面锅就把我香死了。”

“你看你，”来发说，“眼睁睁肉在我手里提着哩。”

来发婆娘眼睛一亮。她果然看见一串红是红白是白的猪肉。她眨眨眼，突然把黏满绿菜汁的手在地上拍了一下。

“好么，你就胡整么。”来发婆娘说，“早说要买个面罐，没钱买，倒有钱买肉吃？还有豆腐葱。”

来发说：“你只管吃，不是咱的钱。”

“我不信。天上会给你掉下来个白屎巴牛？”

“白捡的。”

“我不信。谁扔给你让你捡？”

“十块钱，在去保当村岔路口。”

“十块？刚好一个面罐钱。”

“我想是谁赶集去，掏别的东西，带出来的。你知道双庙镇今天逢集。”

“哈，谁丢了一个面罐。”

“管毬它，咱吃肉包子。”来发说。

“你天天给咱捡去。”来发婆娘说，把手里的灰灰菜往空中一扬，“我去洗手和面。”

来发吃包子的时候很认真地看着他婆娘。他婆娘给他笑了一下。

“吃这么好吃的真叫人心疼。”来发婆娘说，又给来发笑了一下。

来发心里一动，觉得身上什么地方的皮肉跳了跳。他看看旁边的儿子，说：“去，再拿上两个到门外吃去。”

他婆娘说：“青天大白日的，你看你。”

来发推开盛包子的碟子，说：“快。”

婆娘说：“说不定集该散了。”

来发把伸向婆娘怀里的手停住，说：“就是。”他立即感到他软了。

“就是，”来发说：“我得再去转转。”

太阳已经很偏西了，大约是下午三点钟的样子。来发在春天下午三点暖洋洋的太阳光下再一次来到通往保当村的岔路口。在那儿，他碰到了康麦。

康麦到镇上粜完麸子，胳肢窝挟着个空布袋。康麦说：

“来发你今天买肉来。”

来发心里格登一下。他紧盯着康麦的脸。他看见康麦嘴上油腻腻的，心想康麦一定下过馆子。

“康麦你笑话我哩。”来发说，“从过年到现在，一家人还没见过肉星星哩。哪像你，三天两头下馆子。”

“还有豆腐葱。”康麦说。

“嘿嘿，你光瞅见别人吃好吃的。”来发这么说着的时候，眼睛禁不住又朝地上瞅。

“来发，你好像丢了东西啦？”康麦说。

“啊。啊啊。”

“丢什么东西啦？”

“啊啊。”

“没啥，”康麦说，把布袋垫在地上坐下来。“听我给你说，不知为啥，这地方真邪气，老有人丢东西。不过，谁捡了谁遭殃。邪也就邪在这里。”

来发不相信。来发说：“怎么就邪气了？”

“你不知道？”康麦说，“这么怪的事看来你真不知道。我姑家的大娃，在这捡了顶帽子。新新的一顶帽子谁能不捡？谁知道偏偏就是顶倒霉的愁帽。回去后，第二天死了一头猪，人也住了两天医院，挂吊针。”

“有这事？”来发说。

“看你这个人，我哄你？”康麦说，用手指一指天，又把头扭向保当村。“我胡子这么长了我哄你？保当村离咱牙长一点路，你不信你问去。还有赵托娃，在这儿捡了根绳，还是草绳，只值几毛钱，当天晚上就喊肚子疼。都没隔夜。你说邪气不邪气？”

“我不信。”来发说。但是他知道他已经信了。

这时走过来保当村的一个人。康麦说：“来发，你问。不信你就问。”

来发脸上十分难看，拧身便走。

康麦站起来说：“我不是那种爱看人笑话的人。来发，你想开点，钱也罢，物也罢，丢了就丢了，谁捡了去也过不成个好日子，倒要吃药。”

来发回到家里，对婆娘说：

“那儿真邪。”

“哪儿邪？”他婆娘说。

“保当村岔路口。”

“你又拾到钱了？”

“捡他妈的个毛。”来发说，“你给我十块钱，我得扔回原处去。”

来发婆娘正弯腰给猪拌食，她呱呱一笑，差点碰翻猪食盆。

“呱呱呱，你说你要拿十块钱扔到大路上去？来发，青天大白日你胡说白道。呱呱。”

“取十块钱。”来发说。

“就是有人看见又怎么啦？大路朝天，捡钱归已。呱呱，叫他到咱肚子里来拿，呱呱。哪个笨熊丢的？”

来发不吭声。

“呱呱，来发，我看你脑子不中用了。猪，快吃食。”

来发吼了一声：“快取钱！”

来发婆娘不再呱呱笑了，她看了看来发的脸。“是真的？”她说。

“快取。”

“好么，好么，”来发婆娘用搅食棍敲打着猪食盆，“来发你有本事么，

自家一顿吃掉自家的一个面罐，还兴得差点跟我弄那事。栽死去，碰死去。”

来发并不介意他婆娘的埋怨。他拿了十块钱，走到保当村岔路口捡钱的地方，把钱揉得皱皱的，扔到地上。他甚至把位置更准确地确定了一下，把钱移过去。

“狗日的康麦，你给我说帽子和绳子的事。”

他往回走了几步，又掉头看看，那钱真像个糖纸。

来发进村的时候没有看见康麦，但康麦却看见来发了。康麦一见来发灰沓沓的样子，就知道他没有找到丢失的东西，同时也就相信来发确实丢了什么东西。

“我倒要去看看。”康麦来到通往保当村岔路口。他在傍晚时分太阳的余晖中一眼就瞅见了地上的钱。

“我的爷，十块。”康麦说。

康麦把钱握在手中，心里笑来发真是长了对猪眼窝，这么显眼的东西，又是自己丢失了的，居然看不见。康麦使劲攥了攥了钱，然后把它装进贴身布褂的口袋里。他不能让婆娘发现它。他想，下一次，就是初五，双庙镇逢集，他又可以下馆子大吃一顿了。

“来发一定把它当成糖纸了，”康麦一边往回走一边说，“可它是钱。来发的眼真是猪眼窝。”

来发在夜幕降临之际走进家门。他婆娘端着空猪食盆站在院子里。

“好么，好么，拾到手的又扔了。你有钱吃肉包子，一顿吃掉个大面罐。”

“我日他妈。”来发说。

“好么，你能成么。兴么，你兴得大白天还要弄那事。”

“我日他女子。”来发说。

那时，太阳已经听跌进山窝，天完全黑了。来发没有进屋，坐在台阶上吃烟。他用手抚了抚胸口。他觉得胸口那儿憋了个大疙瘩。

来发走到村街上。来发站到康麦家门口。

“我日你女子康麦你给我说帽子和绳子，害得我吃掉自家一个面罐。”

来发捡起一块石头，隔墙扔进康家门前的茅房里。

康麦的婆娘正在茅房里撒尿，石头端端打到了屁股上。康麦婆娘“妈呀”一声尖叫，提起裤子往家跑。

“下石头了，天上下石头了，”康麦婆娘像挨了一刀的猪一样卜郎着头对康麦说，“街上连狗大个人都没有。我刚蹲下尿尿，只尿了一股子，一块石头砸下来。端不端，打在屁股上。我没有尿完，吓死我了。没有人，却有石头。吓死我了。我还要尿。”

康麦不作声。康麦伸手摸摸贴身的小口袋。康麦用拳头砸了一下自己的额头。康麦说：

“只怕还有更吓人的事呢。”

康麦在夜色裹挟中急忙奔出家门，把那十块钱扔到岔路口。

第二天天亮，来发和康麦几乎同时来到通往保当村的岔路口。两个男人四只眼睛互相看看，又一齐朝地上看。他们没看到那十块钱。

“没有了。”来发说。

“没有了。”康麦说。

“没有了。”两个男人同时说。

马索的眼镜

马索有一副茶色眼镜，早先是他父亲的，他父亲死后就成马索的了。他天天戴上它。马索戴着眼镜，经常对人说戴上它的好处。

“又滋润眼睛，又显得品高，”马索对康水厂这样说，“看太阳一点也不耀眼，还可以瞅女人。你瞅她们半天，她们也觉不出。”

康水厂半天没吭声。后来康水厂说：“你不要赛派人，我嫌戴眼镜像驴拉磨子时捂的罩眼。”

“你知道个啥？”马索说，“这是石头镜片，能保养眼睛，过去只有大财东才能戴。你说说，村子里谁还有？”

康水厂咽下一口唾沫，说：“算你什么本事，谁不知道是你爸活着从哪儿日鬼弄来的。”

“现在是我的。”马索说，他很得意，“我爸一辈子精腿打得炉边响，啥都没有，但他留下了这么个好东西。你要是戴上它看你婆娘，就觉得她是另一个女人了。”马索看了看太阳，“我跟你说这些干啥，我不赛派你。看，太阳都半响了，我去镇上逛集呀。”

康水厂站在空荡荡的村街上，看着马索跨上车子朝双庙镇骑去。

“马索去镇上看女人，”康水厂想。他眨一眨眼，太阳亮灿灿一片白光。他觉得眼睛有些疼，又眨了眨眼。他看见村口那片将要成熟的麦田上空跳动着无数耀眼的白色光点。

康水厂回到家里对他婆娘说：

“我眼睛疼。”

他婆娘换了一件碎花衫子，正在镜子前拢头发。

“得去镇上买些老鼠药，”她对着镜子说，“一收麦，地里的野老鼠都会跑到家里来，能把人给活活吃了。”

“我说我眼睛疼！”

他婆娘转身说：“早上起来还好好的。让我看看。”她走到康水厂跟前，踮起脚尖，用手指分开他的上下眼皮。康水厂嘴里发出“咝”的一声，脖子往后一仰。“甭动，”康水厂婆娘说，“一点都不红。噗。”她吹了一口气，“看不见钻了个啥渣渣。”

康水厂推开他婆娘。他闻到一股讨厌的葱味。他婆娘的指甲戳得他眼眶疼。他看见她的身子模模糊糊像个鬼影子。他突然想起他娶这个婆娘的那一天，马索他妈硬要在酒席上看客，口角流着涎水，结果打了一个碟子。几年来他一直记着这件事。

“咱两个从一结婚就好不了。”康水厂说。

“我不懂你的话。”他婆娘说着往后退一步靠住柜沿。她的指尖粘上了康水厂的眼屎，来回在裤子上抹。

“都是那堆碎瓷片。”康水厂说，“所以两年了你一次都怀不上。”

“你没看见我天天在喝苦水水？医生说差不多了。”

康水厂嘿嘿笑了。“我又没怨你。”他说，捏了一把婆娘的脸蛋。“我是说我得有一副马索那样的眼镜。”

“水厂你今天怎么了？我看着你害怕。”康水厂的婆娘说。

“你怕个毬呢，”康水厂说，“我又不吃人。”

“你看太阳快上台阶了，我还要去镇上买老鼠药。八里路，来回得走十六里。”

“不急，”康水厂说，“你坐马索的车子回来。”

“我宁可走。”

“我要你坐他的车子。”

康水厂依着门框，笑眯眯看着他婆娘拉拉衣裳下摆出了头门。他婆娘在头门外说：“我记着给你买一瓶眼药水。”康水厂说：“噢么。”他走到院子里仰头看太阳，但他睁不开眼睛。六月的阳光亮刺刺的如同针芒，使人无法正视。康水厂听见头顶上有几只麻雀惊慌地消失在天幕深处，他嘿嘿笑了两声。

后来，康水厂离家到村外闲转。他沿着通往双庙镇的土路走了足足有二里，又折回头，站在麦田里边揉搓一棵麦穗。他吹掉麦糠，张嘴扔进一粒麦子咬了一下。“面气快升饱了，”他说，“差不多该搭镰了。”太阳暴热，满地麦穗噌噌作响，密密麻麻的麦芒齐刷刷亮晃晃地晃动着白光。康水厂几乎不敢睁眼。这会儿他觉得眼泡憋胀，好像里面塞了只铃铛。他闭了一会儿眼睛，又闭了一会儿。然后他走进麦地撒尿。他像个女人似地蹲下去尿尿。他感到这么尿尿很新鲜，忍不住嘿嘿直笑。这时候他想到不远处的水渠边有几棵构树，他记得最边上挨路的一颗是马索家的，生产队分产抓阄，马索他妈就抓了那棵树。“抓个树有福哩。不吃草不吃料，随它长去。”那不要脸的老婆当时这么说。

康水厂坐到马索家的构树下，打眯起眼睛，笑嘻嘻地等待马索的出现。树底下阴凉而宁静，六月热烘烘的南风不再那么燥人，树枝上挂着一颗颗构桃桃，鲜亮得像要滴血。

他终于看见了马索。马索弓着背，脖子雁一样朝前伸着。他蹬车蹬得很吃力，茶色眼镜的下沿挂着亮晶晶的汗珠。康水厂慢慢站起来，拍打拍打屁股上的土。

“啊哈，你们回来啦。”他说。

马索一惊，车子突然朝右边歪倒。康水厂婆娘迅速跳下车。

“你等婆娘哩？”马索喘着气说，“我当你是截道抢人的呢。你婆娘真沉。”

康水厂笑眯嘻嘻不吭声。

“水厂你没做饭吃？”康水厂婆娘说。她的胖圆脸蛋汗津津、红亮亮，像构树上的构桃桃。

康水厂笑眯嘻嘻一声不吭。

马索说：“水厂你也太没个样子了，晚上还不够，白天也等？谁能把你婆娘卖给人贩子去？”

“胡说些啥呀，”康水厂婆娘说，“水厂，我给你买眼药了。给，现在就抹上。油西林，闻着都凉嗖嗖的，败火润眼哩。”

“比不上马索的眼镜。”康水厂说。

马索说：“那当然了。石头镜片么。我爸一辈子都没得过红眼。”他说着很自豪地扶了扶黄铜镜腿。

“有那么好？”康水厂婆娘说，“怕有啥药水呢。”

康水厂看了一眼西斜的太阳。他这时不感到眼睛疼了。他看着马索。他知道马索也在看他，但他看不见马索的眼睛。“狗日的真是个好东西。”他想。

“我说你两个今天耍得真过瘾。”康水厂突然这么说。

马索笑一笑，说：“看了一场录像。”

康水厂婆娘两眼空洞而迷茫，她看到麦地上空浮游着一层洪水般的白色气流，她听到太阳正在发出“轰嗡轰嗡”的声音。

“你们说啥？”她说，“马索看录像，我等他车子。你说的。”

“你们两个耍的时间够长的。嘿，嘿。”康水厂说。

“我买了老鼠药，”康水厂婆娘说，“好几个卖老鼠药的，分不清谁的真谁的假。有个卖老鼠药的老汉笼子里装着许多老鼠，当场试验，我就买下了。水厂，我感到麦地里像在放火哩。”

“我也买了一包，”马索说，他准备跨上车子。“老鼠把我妈给她做的寿衣都咬烂了。我走呀，你们慢慢说你们的话。我先走，我妈在家等我吃扯面哩。”

“不急，”康水厂说，一把扯住马索的车子后架。“你看我还没动灶火呢都不急。我想问你两个还干啥来？”

马索眨眨眼，说：“干啥来？”

“我一直在这儿坐着。我眼睁睁看见你们干啥来。”

“干啥来？”

“你们自己说。”

“你啥意思？”

“水厂你今天怎么了？”

“在麦地里。”

“你！”

“水厂你鬼迷心窍了，我害怕你。”

“还有一泡尿。”

“水厂我求你别胡说了。”

“我日你八辈子祖宗。”

“甭动肝火嘛马索，你看我一点都不上气。咱们三对面到麦地看去。”

“呜哇。”

康水厂最初以为是空中飞过一只乌鸦，看看，却发觉是他婆娘嚎了一声。那哭嚎由钝而尖利，一声声炸裂在头顶。康水厂望了望麦田，走过去拍拍他婆娘的肩膀说：

“哭啥呢，不是你的错，我不怪你。”

马索嘴唇突突发颤，他的脸因为恐惧和愤怒歪扭得不成个样子。

“水厂你不要脸我日你祖宗你不要脸水厂你狗日的。”

“我？”康水厂宽怀大度地说，“你妈才不要脸呢。我娶婆娘那天，你妈老不要脸的硬上酒席看客，打碎了一只花碟子。你妈吃饱后就光流口水。我忘不了这事。你又跟我婆娘钻麦地。”

“水厂你说你今天想咋？”

“你甭绾袖子，”康水厂说，“我不跟人打架。”他走到马索面前，伸手摘下马索鼻梁上的茶色眼镜。

“我说，这下咱们可以一笔勾销了。就当没这回事。”

马索迷格登登地僵挺在车子旁，他眼看着康水厂把他父亲传下来的眼镜戴到他自己那张扁平的脸上。

“啊哈，确实是好东西。”康水厂说。康水厂一只手按住眼镜腿子，抬头看太阳。太阳很亮，但一点也不耀眼。他又扭头看他婆娘。他想知道他戴上眼镜后他婆娘会不会变成另外一个女人的模样。

他看见他婆娘正在往嘴里抖送她手里的那包老鼠药。

腊八

双娄缩着脖子，从大渠岸边挟了一捆玉米秆往回走。天干冷干冷，风像锥子。他把玉米秆挟在胳肘弯，两手紧紧操在袖筒里。他戴一顶蓝色棉帽，两只耳扇随着脚步扑嗒扑嗒的，像老母猪的耳朵。他嗨一声跳下渠岸边的高坎。有一根玉米秆搭拉到地上了，哧哧地响。双娄猛一扭身，一甩，那根玉米秆就掉了。他飞起一脚把它踢到麦地里去。“看你还掉不掉。”他说。他背过身时，闻到了头上的胰子味。

他进村口的时候停下朝西看了看。没有，没有麦葱的影子。通往梅庄的路上连狗大个人都没有。他担心她正在过西壕，就等了一会儿。还是没有。双娄把玉米秆往上颠一颠，又抬头看看太阳。太阳黄惨惨的，没有一点光气。他吸溜一下鼻子，再朝西看一看，然后向自家头门走去。

双娄用这玉米秆给自己烧炕。一连十几天都是他妈给他烧的炕。媳妇一回娘家，她妈就得烧所有的炕。可是，今天早上天刚亮，他妈就在院子里这样说：

“娄娄，我给你说，今黑我不管你的炕了，明天腊八，你媳妇该回来了。”

双娄很兴奋。整整一个晌午，他一边起猪圈，一边又哼又唱。一想到麦葱晚上就回来了，他忍不住便唱。狗日的，好狗日的整整二十天不在了。双娄盼望天快点黑。“我今黑不串门子，”他说，“不去改朝家要五龙十点半了。就是谁说好让我赢他十块钱我也不去。”中午太阳旺的时候，他舀了一盆热水，把头和脖子认真洗了一遍。

“把胰子擦上，”他妈当时对他说，“往耳朵背后多擦些。”

双娄把玉米秆放到脚地，跪下一条腿，用另一条腿的膝盖把玉米秆折断，然后往炕洞里塞。他笨手笨脚，脸都碰到炕沿上了。

“麦葱，我给咱把炕烧得热热的。”他说。

“麦葱，我往头上擦胰子来。”他说。

双娄停住手，吸吸鼻子。胰子的味道香咧咧的。他喜欢闻这味道。麦葱说：“你身上又酸又臭，我不要你。你看我，香不香？”

他闻到她脖子上有一股胰子味。“我也擦上胰子。”他当时这样说，就下炕倒了一壶水把身子洗了一遍。

“麦葱，有时候倒是你身上挺臭的，但是我不嫌。”

双娄塞完玉米秆，到柴房抓了一把麦草作引火柴，正要点，他妈手里提着灰耙进房子来了。

“娄娄，你孝顺得很么。”他妈说。

“我到渠岸上转，顺便把柴挟回来了。”

“你对你妈都没这么孝顺。天都啥时候了，还不见人回？”

“妈，不急。”

“去，叫她去，把她叫回来。明天腊八呢不回家还成？”

双娄没吭声，擦火点柴。“轰”一声，柴点着了。他拿起扇子扇。他听见他妈在院子里说：

“她爸梅二，那一年贩菜种子，连本也折了，揭不开锅，是你爸给他一百斤粮，八十三块钱，救了他一家子。她把这给忘了，过腊八呢还不回来。娄娄，去叫她，把她叫回来。”

双娄把扇子换到左手扇，一边歪着头看炕洞里烧得旺不旺。他停下扇子，拿灰耙把里边捅了捅。轰，一片火蹿出炕洞二尺高，吓得双娄往后直趔趄，前额上的一绺头发被火燎着了。烟往鼻子里钻，往眼窝里钻。他赶紧扇扇子，扇扇就把烟从烟道扇出去了。可是眼窝又酸又扎，眼泪都流出来了。

“驴日下的，”他扔下扇子，从房子跳出来，恨声说道。“驴毬日下的不回来！”

双娄突然感到自己很生气。都是她，都是她造成的。麦葱，你个驴日的天黑了黑了还不回来，你娘家有鱿鱼呢还是有海参？你妈把你绑住了，是不？

“我去把她弄回来。”他对他妈说。

外面很冷，风像长着眼睛，虱子一样，哪儿有缝就往哪儿钻。双娄缩着脖子，操着手，脚步跨得很大，往梅庄赶去。在大渠拐弯的地方，他看

见改朝正在地里拉屎，便把头一低，不打算搭理他。这阵子他不想碰见任何人。可是改朝早已看见他，提起裤子朝路上走来了。

“去梅庄？”改朝说，“今黑不来咧？”

“不来，你们几个耍你们的。”

“娄娄，你手气正好哩，昨晚赢了三块多，你当我不知道？”

双娄看了看太阳。

改朝看着双娄的样子，哧地笑了，说：“去叫去，我不打搅你的好事，麦葱的一身肉真叫人馋。”

“看你驴日的胡说些啥。”

“你看我忘了，麦葱去她娘家这么长时间，我不知道你晚上咋熬的。快去叫去。”

“你驴日的。明天腊八呢。”

太阳离山顶只剩一丈来高了，光很黯淡。四野升起蓝蒙蒙的雾气，每个树子上空都弥漫着烧炕的浓烟。双娄仰头看了看天空。一只乌鸦正在头顶绕来绕去。几丝云，从西扯到东，黄不几几的。在西山顶上空，一大堆云像烂套子堆在那儿，只有云的边缘有些发红发亮。风更厉害了，在耳边嗖嗖蹿过。前面就是梅庄。一过西壕，再走一阵子，就到梅庄了。

双娄几乎是跑着下壕的，壕底风小多了。壕里的麦比上边的稠。这时，从对面壕岸上下来一个女的，穿着红棉袄，好像是麦葱。他正想大喊一声要要威风，可仔细一看，不是麦葱，是个不认得的女的。双娄往一旁站站，看着她从身边走过去。她怀里抱着个花包袱。他没看清她的脸蛋。

“她的腰身又细又长，”双娄望着她的背影说，“她走路那么轻，像一股旋风。”

双娄走上西岸，掉回头再看那女的。她已上了壕东岸，已经过抽水站的瓦房了。

“她的绿围巾一飘，像只燕子一样飞过去了。”他想。“她没有胰子味。”

“她没有麦葱胖。麦葱的脊背能擀面哩。可是麦葱，我还是喜欢你的胖墩墩的身子。”

双娄往前赶路。太阳已经碰着山顶了。天空中的乌鸦多起来，哇哇地叫成一片。梅庄到了。他又扭头朝回看看。“她像燕子。”他说了这一句，整整帽子，走进他丈人梅二家。

梅二不在家，梅二婆娘坐在房子门槛上不知在干着啥。她没有看见双娄走进院子。双娄咳嗽了一声。

“谁？”梅二婆娘说，“噢，是娄娄来了。”

“我来咧，”双娄说，“人呢？”

“在厨房忙哩。麦葱，娄娄来了。”

麦葱正在洗几根葱和一块肉。厨房里麻黑麻黑，双娄看见盆里的肉皮白闪闪的。麦葱正用指甲抠那肉皮，发出吃叽吃叽的声音。

“走，往回走。”

“娄娄，是你大哥把她挡了，”梅二婆娘在房子里说，“要不然都回去了。麦葱都收拾了好了包袱，打算回去。你大哥到镇子上粜麸子，回来了割了斤半肉。你大哥说，明天腊八呢，叫麦葱吃了肉面再走。你二叔也说，那就叫娃吃了肉再走。要不然都回去了。”

“我头上的胰子白擦了。”双娄说。

“娄娄，你是个二秆子，在这里说这种话。”

“麦葱，娄娄说个啥？”

“他说路上冷得很。妈，你进房子去。”

双娄有好一阵子没说话。他死盯住麦葱又宽又厚的脊背，心里想：她的腰身又细又长，像只燕子。

“你是个猪，”他说。

“你骂谁？”

“你是个浑身是肉的肥猪。”

“你骂我？”

“我还想打你哩。”

麦葱哭了起来。她把水盆往旁边一推，站起身靠住案板哭。

“娄娄，你敢在我家骂我麦葱？”梅二婆娘说，她从房子里跑了出来。“麦葱，你也还口骂他。他骂你是猪，你也骂他是猪。”

“猪才这样哭哩，”双娄说，“那一年，你爸贩菜种子，折了本，连锅都揭不开，我爸给了你家一百斤粮，八十三块钱，救了你一家子。你驴日的忘了，过腊八呢都不回家去。”

“麦葱，你也骂他是驴日的。光知道哭！快骂他。”

“还有你，”双娄说，指着梅二婆娘。“为啥不指教你女子叫她回去过腊八？女有错，母之过。”

“你教训开我了？”梅二婆娘说，跳到院子里，对着隔墙高声喊道：“麦狗，麦狗，快过来，有人打你妹子哩，还骂我哩！”

隔墙墙顶有一颗头一晃，“嗨”一声，麦狗就跳过墙来了。“是谁？谁个狗日的？”他说着就冲进厨房去，一把揪住双娄的领子。

“打，打他的嘴。麦狗，你扇他的嘴。”

“哥，算了，”麦葱说，她吓得发抖。

“你甭管，我先问他，”麦狗说，把双娄的领子揪得更紧。“你，经常耍钱，输了就拧我妹子的大腿，是不是？赢了也拧我妹子的大腿，是不是？

“哥，算了，哥，算了。”

“有理不打上门客。”双娄说，他的脖子给勒得几乎出不来气了。

“好，不打你。麦葱，把洗肉水给我。”

“哥，算了，哥，算了。”

“我自已来，”麦狗说着，弯腰把洗肉盆端起来，举得高高的，朝双娄的脖子慢慢往下灌。

双娄离开梅庄的时候，天完全黑了，风呼呼地刮。他缩着脖子，牙齿格格打战，他不知道他妈给他把炕烧好没有。

北　陵

"妈想看看北陵。"

梆子记得这是他妈两年前对他说过的话。梆子当时刚娶婆娘，一门心思在婆娘身上，没把这话往心里搁。但是，今天早上梆子穿衣裳的时候突然想起了这事。他记得他妈还说："外地方的人成天蚂蚁串似地看北陵，你用车子拉上妈也去看看。妈一辈子守你一个，你爸年纪轻轻害了绞肠痧，妈只生养了你一个。"

现在，梆子坐在炕头，只穿一条衣裳的袖子，迷愣愣地看着他婆娘面对镜子举胳膊梳头。他对她说：

"我今天要拉咱妈去看北陵。"

"你孝顺得很么，"他婆娘说。"昨天说好今早用玉米秆给猪打糠，你却变卦了。猪糠瓮里连一把糠都没有了。"

"你拿绳捆一捆去打。你看天上没一丝云，种罢麦还没见过这么好的天气。"

梆子婆娘扭身看看门外。"我前天才洗头。"她说，"打糠机旁像埋人一样尘飞土扬。洗头连胰子都没有。"

"我拐到双庙镇给你买一块。"

"你孝顺么，"梆子婆娘说，"来回六十里。你想落个孝名。"她端起尿盆去倒尿。"我不弄，"她走到窗根下又说，"叫猪饿着去。我自已会买胰子。"

"我看你成精了，"梆子说，下炕穿上鞋。"你肚子里刚有个货就想成精了。"

梆子走到院子里，他听见后院猪圈里几声猪哼哼，他听见他婆娘吆喝说："猪。猪。"接着一阵哗哗的撒尿声。他知道那是他婆娘憋了半夜的一大泡尿。他抬头看了看天空，然后把靠墙立着的架子车放下来，往车厢里垫一层麦草，铺上床单。

梆子走到上房对他妈说：

“妈我拉你去看北陵。”

他妈六老婆正跪在炕上低头寻捡自己的头发丝。她快成秃头了，头顶一片红亮。她的头发像头屑一样天天掉落。六老婆坐直身子，把头发丝绕到指尖，拿到眼前看看，然后，抬眼看着梆子。

“两年来妈一直等着你这句话。”她说，“旁人对我说：‘你家梆子是个孝顺娃’，我总不吭声，我等着你这句话。”

“我没忘，”梆子说，“今天天气好。”

“妈的头发快脱光了，”六老婆说，“看，天天早上这么一疙瘩。”

她抬屁股把头发压到炕席底下。梆子看见炕席下已有一大堆头发疙瘩，活像一窝小老鼠。

梆子说：“妈，让我扫了倒了去。”

“梆子你甭动，”六老婆说，“妈就是要留着它，街上来了收破烂的妈都没舍得换个顶针。”

梆子说：“妈，那是你头上火太盛，我到双庙镇给你买些败火药。咱上路，太阳都一竿高了。”

六老婆说：“你真的要拉妈去看北陵？妈这身衣裳脏。”

“猪饿得想吃人肉了，”梆子婆娘从后院茅房里出来说，“该杀的差点把我拱倒在屎尿中。”

梆子把头伸出门说：“你是个死蛇，手里不会拿根棍子？也怪昨晚就没给猪吃饱，你快去找绳子捆玉米秆打糠。”

“我不弄，”梆子婆娘说，她盯着院子里铺好的架子车。“逍遥得逛陵看景呢。叫我去给猪打糠？饿死它正好吃肉，我这一阵子嘴馋。我还要到镇上买胰子。”

“听听你婆娘，”六老婆说，“还没生养下一个就这么有势了。妈不一定去，妈知道你有这个孝心就行了。”

梆子说：“今天非去不可，咱走咱的，我看她能给我唱个啥戏。”

“妈没白生养你。”六老婆说。

“妈你换衣裳，咱上路。”梆子说。

就是在这么一个好天气里，梆子拉着他妈六老婆去看北陵。

“梆子，妈不想去了。”六老婆突然说。

梆子没有回头看他妈。他知道他妈一手扶着车框，一手摁着头顶上的手帕。他妈临出门的时候往头上顶了一块手帕。路不平，车子有些颠晃。

“妈你坐得不自在？”梆子说，“没有风，你不用摁手帕，两个手抓住车框就不颠了。”

“妈不嫌颠，妈又不是泥捏的人。妈不是那个人。”

“你是说我婆娘？”梆子说，“她是个混混人，不管她。娶进门两年了，我弄清她是个混混人，跟她爸麻五一样，是一盆浆子。”

“妈替你着想，”六老婆说，“从一坐上车子，妈的心就悬着。一会儿想到你爸，一会儿想到你的将来，心就悬在胸口。妈担心出啥事情。妈不去了。”

“妈你尽管宽你的心，”梆子说，“这么好的天气，连个云丝丝都没有。”

“看看你婆娘早上说的话，”六老婆说，“你爸要是活着，早让你扇她的嘴了。妈为给你娶她进门头发天天脱一大疙瘩。妈好几年连个肉星星也没吃过。你知道，她爸麻五一辈子穷得马勺碰锅响，要啥没啥，咱既当婆家又当娘家，铺的盖的，连她穿的裤衩也是妈做的。你爸死得太早了，年纪轻轻害了个绞肠痧。”

“妈你不说这些了。你坐好，前面有个坑。”

架子车“哐当”一声，六老婆身子趔趄了一下。

“妈不怕颠，你拉你的。”六老婆说，“妈怕猪在圈里饿得哼哼叫呢。它这几天心神不宁，该把它吆到保当村配种了。”

“这就是保当树。”梆子说，又用手一指。“那是保当塔。”

“都到保当村了？”六老婆说，“妈没出过远门，野外空空旷旷的，妈辨不清方向。噢，你说那就是保当塔，光听说保当村有个塔，没见过。是给皇帝娘娘修建的，那么高。娘娘多有福气。”

梆子说：“我去过塔跟前，周围净是屎尿，还有妇女的血纸。”

六老婆说：“噢。人死如灯灭么。你爸死了这么多年，我梦里都没梦见过。我说梆子你停下，咱回，妈不去了。”

梆子说：“妈你甭担心，她今天要不给猪打糠，我就做件事给她看。我自有我的办法。”

梆子拉着他妈六老婆穿过保当村。又过了梅庄。再往前，就是底角沟了。拐过一个土坎，梆子看见了北陵。

“妈，北陵。”

但是六老婆看不见。梆子人高马大，宽阔的背挡着她的眼睛。

“妈看不见，你挡着妈。”六老婆说。

梆子往一旁侧侧身，他妈就看见北陵了。她看见了陵上的树和石头，看见陵坡两旁的石人石马和爬坡的人影。

“就是这么个北陵。”六老婆说。

“是一座山。”梆子说，。“得快点赶路，白天变得这么短了。”

“秋天一过，白天就短了。”六老婆说。

他们到了沟边。底角沟是一条干沟，但坡大沟深，沟底看起来蓝格汪汪的，像蓄着一沟水。六老婆从车子上探身看了看。

“梆子，妈在沟这边看看就行了。”六老婆说，“咱不下坡，不到沟那边北陵跟前去了。”

“都走到啥地方了还说这话，”梆子说，“妈你抓牢，我要放跑马。”

“妈身上痒。”六老婆说。

“你搔一搔。”

“肩膀上痒，妈够不着。”

“那你在车厢上蹭一蹭。”

梆子感到手中的车辕左右摇摆了几下。

“妈不去了。妈想尿。”

“上了北边的坡再尿，”梆子说，“翻过沟就是双庙镇，我说了要给你买败火的药。还有胰子。”

“妈你把车厢抓牢。”梆子又说。

他蹬一下脚尖，蓄好势，正要往坡下跑马，但这时他听见他妈却说：“梆子你婆娘来了。”

六老婆望着底角沟的大坡，心嘘嘘往上悬，可她突然看见梆子婆娘了。她就对梆子说：“梆子你看你婆娘来了。”

梆子看见他婆娘的头从坡下慢慢冒上来。他婆娘穿着碎花衫子，笑模笑样地推着自行车正在上坡。

“她从小路去双庙镇买胰子回来，”梆子说，“她以为咱已经翻过底角沟了呢。”

“看她嘴上油腊腊的，不知在镇上吃了啥好吃的。”六老婆说。

“她怀上了。”梆子说。

六老婆撇撇嘴，把头扭向一边。“你惯她么，”她说，“胆大得敢杀人。要是你爸活着，哼，早就叫你卸她的腿了。”

“我不打她，”梆子说，“我不想在大路上丢脸惹人笑话。没本事的人才打人。”

“我给我去买胰子，”梆子婆娘说，一手扶着自行车，另一只手举起来晃了晃。“还有一盒洗头膏。”她红光满面，脸上肉墩墩的。

梆子不吭声。

“花钱如流水。”六老婆说。

“我一大早就说过我不管给猪打糠的事，我嫌像埋人一样。叫它挨刀的饿着去。”

“你听听。”六老婆说。

“好么，”梆子说，“你还该去逛北陵。”

“我另挑个日子去，逛一天。”

“我不打你，”梆子说，“我知道你跟你爸麻五一样是一盆浆子。你今天故意整我，可你还不知道我会怎么弄你。”梆子说着从腰里掏出十块钱递给他妈。

“妈你拿着。她肚子里已有我的货了。”

他放下架子车辕，走到他婆娘跟前，拍拍她的肩。

“你不让我行孝，我现在就给你看我怎么弄你。”梆子说，“反正我给你肚子里已经种上我的根了，我要让你跟我妈一样守寡。”

他轻轻一蹦，像兔子一样蹦到沟崖边。这时，从沟底冲上来一股风，张起六老婆头顶上的手帕。梆子听见他妈和和他婆娘同时失声喊道：

“梆子！”

他扭头对她们笑了笑。他最后一眼看见的是他妈的光头皮在太阳光下像灯泡一样明亮。

坟地故事

孩子放羊回崂洼村的时候，太阳刚刚落下去。月亮还没有升起来。天麻麻黑，孩子赶着羊爬上一架坡，看见钻井队的铁房子里已经亮起了电灯。柴油发电机在紧靠河滩的山脚旮旯里突突突地响着。孩子捡起一颗石子，砸向一只老羊，说："嘿！狗日黑眼窝你回来！"孩子生怕钻井队的电视早开了，吆喝说："嘿！狗日的跑快些呀！"

孩子赶着羊，下了坡，经过河湾那片开阔地时，羊们涌到河边去喝水。孩子站在河边，朝河对面那块野草丛生的坟地望了一眼。孩子后背心一阵发凉，头发就支起来了，觉得有许多鬼正在坟尖和坟背后跳舞。

"椿树椿树你为王，"他唱，这么一唱就有胆量了。

孩子又看了一眼。他看见了姐姐。姐姐穿着红衫子在草丛中忽悠忽悠往前蹿。孩子紧张得连呼吸几乎都停止了。他想：这不可能，不可能呀。

孩子忍不住又扭头去看。他担心自己被姐姐的鬼魂捏住了。鬼一附人身，人就身不由己了。孩子这回什么也没看见。他眨眨眼，仍然什么也没看见。发电机满山沟突突地响着。那只老羊跑到河中心去了。孩子大声吆喝道："嘿！又是你黑眼窝！狗日的，回来！"

孩子把羊赶回家，看见父亲坐在台阶上低头编簸箕，剥了皮的白生生的绵柳枝条堆在一旁。父亲抬头看一看羊群，又看一看孩子，说：

"电视开了。"

孩子"呀"了一声，把羊吆进羊圈。

孩子的母亲在房子里擦火点灯，说："柜盖上有糖呢。"

孩子问："谁给的？"

他父亲这会儿在羊圈里挤羊奶，接声说："钻井队的洋女子。"

孩子的母亲又抢过话头说："她来咱家借搓板，给你的。"

孩子把糖拿在手里看看，倒腾着，使糖纸弄出声音来，又放到鼻子底下闻闻，然后装进兜里。

"锅里有晌午剩的汤面呢。"

"我不吃。"

孩子看电视看得心神不宁。他在想坟地。

孩子知道，坟地大白天也在闹鬼。"血脸红头发，丈二长的手指甲。"村里人这样描述那些鬼，谁要经过时，手里都拿一条红绸子。鬼最怕红颜色的东西。自从孩子的姐姐一年前在坟地出了事第三天就埋在坟地之后，坟地就更可怕了。可是孩子每天放羊回村时总要朝坟地看一看，好像有人扭着他的脖子。姐姐到底出了什么事，孩子并不清楚，他只记得姐姐是用一根麻绳把她自己吊死的，裤子湿漉漉的，有一股尿臊味。

电视没完孩子就回家了。院门大开着，母亲跪在当院里烧一堆纸。孩子知道，那是给鬼送钱哩，把门开大好让鬼把钱拿走。孩子闪进院门，站到厢房的台阶上靠住墙。母亲一边用手拨着纸，一边说：

"我娃走了一年了。夜黑儿我娃回来咧，妈梦里看见我娃咧。妈知道我娃缺钱花，给，给你钱，给我娃钱。我娃在阴间好好过你的日子，往后再不要回来了，不要吓着你兄弟了。"

孩子站了一阵子，看着那纸快要烧完，就贴着墙根进到房子里。父亲坐在炕边上吸烟，眼睛细眯着，胡茬很长。母亲悄悄走进来，父亲没吭气，咳嗽一声，走出去关院门。

孩子躺在炕上，两眼睁得大大的。发电机不响了，每天十一点后就不发电了。可是父亲的鼾声今晚特别响，像打雷一样。孩子侧过身去。月亮现在升起来了，从窗户望出去，可以看见对面山顶上那些鬼头鬼脑的树。孩子觉得，山头像一个大坟包，能把所有的人埋进去；许多鬼在上面跳舞哩。孩子有些怕，又把身子侧向另一边。他想：姐姐昨晚回来过了，妈今晚给她烧钱哩。

孩子的眼前出现了姐姐当时被人从屋梁上放下来的样子。她穿着红衫子，脸上没有血，却在笑，舌头吊得老长，裤子湿透了。父亲那时蹲在一旁，脸上也没血，他反复说："比活着好，比活着好。"孩子想着，感到姐姐此时正用长舌头舔最底下一格的窗棂纸，他在心里唱一遍"椿树椿树你为王"，立刻就不再想了。

孩子知道自己还灵醒着，就使劲想姐姐活着时的样子。姐姐脸上有两个酒窝，一笑，酒窝就显出来了，不笑啥也看不见。姐姐领他到镇上去，一路上采了好多花，在商店买一条红头绳和一只绿梳子。孩子想着这些，心里很难受，眼泪便流出来了。

“姐。”他说。

父亲起来尿尿。他摸索了一阵子，擦着火，却不点灯，照见尿盆后就把火扔了。孩子听着父亲“哗哗哗”地尿尿，心里仍然很难受。

“我姐干了啥事？”

孩子突然问。他听见父亲笨重的呼吸声，听见窗外树叶上露水滴落的滴嗒声，听见屋外草丛中狐狸或松鼠蹿过时的窸窸窣窣声。

“丑事，”父亲说，“天底下最丑恶的事。干了那种事，三天之内必须死。你没睡？睡！”

母亲在炕的另一头迷迷糊糊地说：“鬼入你姐的身，你姐才干了那种丢人事。鬼三天之内就把她勾走了。你姐可怜啊。”

父亲暴躁地踹一下被子，大声说：“睡！”

第二天，孩子一早就心焦地醒了。他四下瞧瞧，一切都是原样子，好好的。他赶着羊，走向山的那一面。

“嘿！狗日的黑眼窝，你再捣蛋，看我不拿鞭子抽你！”

傍晚，孩子早早赶羊回家。快经过坟地时，孩子觉得要出事了。他想，大概要出事了。孩子朝坟地望了一眼。在太阳黄灿灿的光亮里，坟地像供桌前的馒头。孩子拦住羊不让喝水。

“快走，”他说，“狗日的快走呀。”

孩子感到有一只手扭他的脖子，硬把他的头扳向坟地那一面。孩子看见一团白雾，一个白影子在雾里飘荡。孩子胆颤心惊地记起，姐姐被装进棺材时就穿着一件白生生的衣裳。孩子喊一声拔腿便跑。

孩子把羊赶回家吆进羊圈，坐在门槛上想：姐姐在我面前显身哩。

“电视开了。”他父亲说。

孩子没应声，对着父亲嘿嘿笑了笑。后来，他就到村外来了。月亮在山背后亮了。孩子看着地上自己的影子，想：姐姐给我显身哩。

孩子趟过河，走向坟地。月光下，坟地朦朦胧胧。一只松鼠，哧溜一声就不见了。孩子没感到害怕，他蹲在坟地边的一丛荆棘里，等待姐姐的出现。孩子说：“姐，别吓我，我来跟你会面，别吓我。”

孩子听见一阵窸窸窣窣声和呷舌声。这声音很近。孩子缩成一团，瑟瑟发抖。他两只手在鼻梁洼又掐又拧。他要弄出些红颜色来，只要鼻梁洼渗出血就不怕了。野鬼最怕血，一沾上血就把它定住了。孩子记得那个故事：有一天一个野鬼钻到一户人家里，碰上黄鼠狼抓鸡，没跑开，身上溅了血，就走不脱了，后来这家人用杀猪刀把那个野鬼给杀了。孩子想象着自己的鼻梁洼变成了一片血海，心里踏实了些。

“来吧。”

一个声音这样说。孩子说：“姐，你在叫我吗？”孩子没有动。他又听见了另一个声音。两个声音都很怪，一个喘气，一个呻吟，像两个人扭在一起打架。孩子听着听着便没有声音了，静极了。孩子觉得自己和山和月亮和坟堆一起睡过去了。

“哧——”

孩子眼前亮起一团火。有人擦火点烟。孩子看见，那片柔软的草地上，躺着一个男的和一个女的。你不是我姐，孩子说。姐，你咋不跟我会面呢？孩子说。

孩子悄悄离开坟地，回到村子。电视还没完，他就站在一旁有一眼没一眼地看着。一会儿，从村口过来两个人，一个进了钻井队东边的铁皮房子，另一个，就是白影子，进了西边的房子。孩子看得清楚，白影子原来是洋女子。

孩子把这个秘密藏在心里，心焦地等待着。他想，洋女子三天之内就要死了。孩子明白，洋女子在坟地干的事就是他姐在坟地干过的事，他姐三天后就死了。

孩子熬过了一天。

月亮一天比一天大，一天比一天升得高了。孩子几次乘着月光走到铁皮房子门口，他想对洋女子说：快想想办法呀，你就要死了，我姐已经死了。

孩子扳着指头掐算时间，熬过了三天。

第四天早晨，孩子起得格外早。他把羊赶出圈，心想，洋女子已经死了吧？他赶着羊，弯到钻井队住的地方。铁门响了一下，洋女子穿着雪白衫子，端一只缸子出来刷牙。她看看山，看看太阳，又看看羊群和孩子，“哎”地叫了一声。

孩子丢下羊，扭头便跑。他跑过村口那颗古树，跑过一个大土堆，跑过一只狗和一群鸡。

“爸！爸！我姐，我姐，洋女子，洋女子……”他胡乱地说。

他父亲从房子里出来，咳嗽一声，站在台阶上。孩子看着父亲，突然忘记他要说的话了。

杨凡本

圪崂村选举村长的那天晚上，杨凡本正在炕上害病，村民小组长马堂来喊他。

“病了，”杨凡本撩开门帘说。

“病了？”小组长把身子挤进门框说，“该不是在和你暖脚哩吧？日怪，后晌还见他梆子乱台唱哩，咋就病了？”

“哼，嗯，哎哟。哼，嗯，哎哟。”

“你胡日怪啥哩？”

“怕是碰上邪气了。”杨凡本婆娘说，指一指柜盖上送鬼用的水碗、筷子和一叠纸人。神婆五婶刚来过。

“筷子立住了没有？”

“立住了。”杨凡本婆娘说着，把纸人五个一叠用线穿起来。“五婶口里一念词，就立住了。真有鬼呢。”

“哼，嗯，哎哟，哼嗯，哎哟。”杨凡本更加厉害地呻吟起来，声音从被窝里传到外面，嗡嗡嘤嘤的，阴森怕人。

“狗日的，”小组长马堂说，看一眼蒙着头的杨凡本，又看一看杨凡本的婆娘曹南瓜。“狗日的，选举呢，偏偏病了。”

马堂走后，曹南瓜说：“要不把立平叫来打一针？”

杨凡本把头伸出被窝，拿被角擦擦汗。“打一针得一块多，”他说，“狗日的，狗日的胃。”

“那谁叫你喝凉水来？”

“你出去！”

“把你今黑死了我也不管。”

“狗日的。”杨凡本看着门口说，然后又看着黑咕隆咚的窗口。他觉得胃烧。真是日怪。喝的是凉水,胃怎么会烧起来呢。可那凉水喝着真香哪。他是突然间想到喝凉水的，他婆娘曹南瓜的一句话提醒了他。当时，开会的哨子已经响过三遍了，他还没有害上病，急得在院子里转圈圈。曹南瓜说：

“你怕啥？选就选，想投谁的票就投谁的票。”

“咦？你比我还日能，香会说的你忘了？”

“保当村是保当村，圪崂村是圪崂村。”

“保当村的大队主任能当村长，圪崂村的咋就不能？”

“心里无冷病，不怕喝凉水。”曹南瓜说。

“你说喝什么？”

“喝凉水。心里无冷病，不怕喝凉水。”

杨凡本嘿嘿笑了，走到曹南瓜身边轻轻拍了她一把，然后就进厨房去喝凉水了。曹南瓜失声挡他没挡住。

“你疯了？”

“凉水香得很，”杨凡本打个嗝对婆娘说，“我要害病呢，正式开会前我一定要害上病。”

杨凡本就是这样让自己病下的。

他看着黑咕隆咚的窗口，回忆着凉水的滋味。那凉水喝起来真香哪。但他感到胃烧，烦躁不安。

“狗日的，”他说，“不知这个狗日的能不能又当村长？我日你先人呢，王发德，你个日本兵小队长。哼，嗯，哎哟，哼，嗯，哎哟。”

“你想吐？”女人掀开门帘说，“快往炕边爬。”

“出去，”杨凡本喘着气说，“不要你管。”这时，他眼前出现了王发德的影子。王发德真像日本兵小队长哪。

杨凡本眼前一出现王发德的影子，就觉得自己变成了一堆狗屎；一看到自己成了狗屎，他就越发觉得王发德是日本兵小队长。王发德走路、说话、哈哈大笑的样子，骂人打人的样子，都像个日本兵小队长。那年冬天在底角沟修水库王发德扇了他一个耳光，他那时就看出来他像个日本兵小队长。“狗日的日本兵小队长，”他脸上麻辣辣的，在心里骂道。其实他从来没见过日本兵，也不看电影，可他就是觉得王发德像个日本兵小队长。王发德是日本兵小队长，自己是一堆狗屎。

“哇，哇，哇？”

杨凡本吐出一滩又酸又臭的东西，头垂在炕边喘气。曹南瓜忙掏出一堆炕灰压在上面。屋子里臭烘烘的。

“你把门帘搭上，死人！”

曹南瓜把门帘撩起来搭在门扇上。“我去叫立平，”她说，“一块多就一块多。按气头，把你今黑死了我也不管。”

杨凡本看着婆娘消失在黑咕隆咚的门外。她手里的香火一闪一闪的。她走到头门口时在门槛上绊了一下。柜盖上的纸人没有了，她拿到村东头十字路口去送，送完鬼之后去叫立平。

一会儿，曹南瓜回来了，立平没有来。

“人不在？”

“开会，不准走。”

“你去过会场了？”

“我逍遥得逛呢。”

“王发德选上没有？”

“谁叫你喝凉水来？”

杨凡本看见婆娘额头湿涔涔的，冒着一团热气，就没有作声，把头缩进被窝，低声呻吟，自己哼哼给自己听。他感到胃又发烧了。狗日的胃，明明喝的是凉水，却发烧呢。他原以为喝了凉水，至多闹两回肚子，放几个响屁，也就过去了。不料想真的病下了。都怪香会这死女子，天黑了黑了把娃放到家里不管，却跑来告诉保当村选村长的事。都怪这猴女子。杨凡本后晌还在东堰地里一边吆喝牲口，一边唱戏呢。他想着晚上的选举，暗自得意，就忍不住要唱戏。他想只要一选举，王发德就得下台。他看见王发德变成了一堆狗屎，一堆软塌塌的狗屎，忍不住便唱。可是傍晚香会来了，讲了保当村的事。

“谁能想到呢，”香会当时这样说，“爸，圪崂村这头也难说，你得注意点。”

杨凡本仰头看着天空中最早出现的那颗星星，半天没说话，只感到自己又变回来了，恢复成了一堆狗屎。

“看来爸今晚得害一场病，”杨凡本说，“只有害病这个办法了。”

“爸你好着呢，”香会笑着说，“这是十个鸡蛋。我妈会买鸡，黑母鸡下蛋乖得很哩。爸，妈，我走了。”

杨凡本送走女儿，就在院子里转圈圈找病害。后来曹南瓜就说了那句话，杨凡本便到厨房去喝凉水，于是就病下了。

九点多，立平背着红十字药箱来了，后面跟着村民小组长马堂。

“是不是要热水？”曹南瓜说，“我去烧。”

“要不要都行。不过你还是烧一点点。”

“凡本，你日怪日得好。”

“哼，嗯，哎哟，哼，嗯，哎哟。”

“甭胡日怪，凡本，他们让我来问你选谁哩？”

“哼，嗯，哎哟，哼，嗯，哎哟。”

“胡日怪啥哩，就等你一个人呢。”

杨凡本像唱戏似地哼哼起来，一声接一声。

“凡本，这里没外人，你说选谁？”

“他病得不轻，”立平说，看看柜上的水碗，“五婶来过了？祛祛邪气也好。”

“立平又不是旁人，你心里想选谁就说谁。”

“你不要逼他，”曹南瓜进屋找火柴，对马堂说，“吃进去的东西全吐了，吐黄水呢。”

“那是胃受了凉。胃一受凉就发生痉挛，一痉挛就存不住东西。凡本叔你说是不是？胃里还感到翻江倒海呢是不是？”

“就是。”曹南瓜说，“马组长你不要逼他。”

马堂仍然对杨凡本说：“怕啥？你选谁，就说谁，有立平做证。”

“哼，哼，哼、哼、哼、哼、哼、哼，哼哼哼哼哼哼。”

“让我听听。”立平说，取出听诊器套在耳朵上。“凡本叔你吸气，对，就这样。再出气。”

马堂靠柜腿蹲下去，掏出烟来吃。他看着立平给杨凡本诊病。

“你得打一针。”立平说。

曹南瓜提着水壶走进来。“严重不？”她问道，“水烧好了。”

“凡本，你今晚不说我就不走。”马堂说，在地上磕掉烟灰。“立平，让他说了再打针。”

曹南瓜盯了马堂一眼，走到炕跟前对男人说：“你说吧。”

立平说：“凡本叔，人家等你说了最后统计票数哩。”

杨凡本盯着黑咕隆咚的窗口，喉结上下鼓动了好一阵子，却没作声。

“哎呀凡本，都啥时候了，还日怪啥呢，你说呀。”

“我选，日本兵小队长。”

“谁？”

“选谁？”

“狗日的，哼，嗯，哎哟。”

“他烧得说胡话呢。”

“我选，王，发，德。”杨凡本说。

“你选他？”马堂吃惊地说，眼睛吊到了额头上。他看看杨凡本，看看立平，又看看曹南瓜，头摇得卜郎卜郎的，连连说：“真是中了邪气了，中了邪气了。”

杨凡本躺在床上像死了一样一动不动。但是，立平给他打了一针，第二天他就又好好的了。

此后，杨凡本开始搜集石子。白天走到路上，或下地干活，他一看见石子，瞅瞅四周没人，就捡起来装在兜里。入夜，在人睡定以后，他就出了家门，贴着墙跟，慢慢接近王发德家。他看准一个黑影处，跳过去，一粒一粒朝王发德家的上房、厢房顶上投掷石子。他投掷石子的时候，感到很快活。

坤坤的猪

天黑下来以后，马奎把烟锅往裤腰上一插，到庙十字他三哥那儿去。他三哥晌午砸了一筛子新烟，叫他晚上去吃。“净是叶子跟筋，晚上来吃。”他三哥这样说。村子里黑麻古冬的，街上连一个人也没有。马奎绕过改朝家的大粪堆，听见从头门里传出一句话说：“坤坤买了一头猪。”走了几步，又听见有人说：“坤坤晌午在镇子上买了一头猪。”

“坤坤狗日的买了一头猪。”马奎想。

“三哥，我吃烟来了。”

“在筛子里，你尽管吃。”他三哥说，“老五，坤坤买了一头猪。”

“我听人说来。筛子呢？”

“你看贵不贵，像金子，七十块钱，跟猫一样大。”

“三哥，筛子呢？”

“丁丁，到案仓里把筛子端来，叫你五爸吃。”

马奎从裤腰里抽出烟锅，对准烟嘴吹了吹，然后捏在手里等着。

“丁丁，快给你五爸端来。”

“狗日的坤坤，买了一头猪。”马奎想。

“五爸，给你吃。”

马奎装满一锅烟，用拇指压瓷实，然后在他三哥的烟锅头上对着火。

“新烟，味道就是不一样。”马奎说。

“我这烟？”他三哥说，“放到镇上能卖三四块钱。我晌午砸完烟到镇上去转来。”

“你晌午到镇上去来？”

“去来。砸完烟，没毬事，我就胡转去了。我看见坤坤从猪市出来，怀里抱了一头猪。我说：‘坤坤，多钱？’坤坤给我撮三个指头，说：‘打抢人呢。’猪给他尿了两袖子，都淌到裤腰上了。”

“坤坤咋那么有钱呢？”马奎说，又装了一锅烟。

“婆娘有本事，会过。”他三哥说，“老五，你尽管吃，给你火。我还看见春线了。”

“她？”马奎说，把烟锅从嘴里拔出来，举在空中，“三哥你不要提她。”

“我逛完猪市，在北十字口碰见春线了。”

马奎把烟灰使劲磕在台阶上，梆、梆、梆。

“她看见我，笑了笑，没打招呼。老五，你再装一锅吃。我说，她还认得咱村的人，给我笑了笑。她挺胖，脸上水色得很。”

“三哥，你不要再提了。”

“我记得你给我说过你很称心，她样样都好。老五，十几年来我一直不清楚春线为啥要跟你离。她也没给你生养一个。”

马奎把空烟锅头在台阶上磕，梆、梆、梆。

“磕不下，你拿铁丝挖一挖。她那时跟你一块往山西贩驴蹄子，贩得好好的，咋就离了呢？”

马奎没吭声。他把烟锅捏在手里，不想抽了。他不看他三哥，扭头瞅着黑古冬冬的院子。他想看见春线。他记起她的样子来了。她走路像一股旋风。她的肚子真白真软和，奶子挺得老高老高。她身上样样都好。“我爱跟你到外头跑，爱住店。”春线这样对他说，“住到一个生地方我就光想要你。在家里，我一点都不想要你。不行，今黑是在家里，我不要。”

“我妈不让你再跟我一起贩驴蹄子了，我妈怕你跑得心大了。”

“我跟她说。”

马奎记得清楚，春线当时就是这么说的。第二天，她就跟他妈去说，他妈当着邻居的面把春线的脸拧了两把，还唾了她一口。

“奎奎，你看你把婆娘惯成啥样子了，往后得端上她尿尿。”他妈说，“旁人笑话你先人呢，连庙十字你三哥也这样给我说：‘奎奎咋不打婆娘一顿呢？女人家，骨头贱，打一顿就好了。’”

他把春线挤在厨房灶火间，骑到她身上捶她的屁股。春线一声没吭，当晚就走了。“马奎，嚷们完了。”她说。

“春线，是我错吃了一口屎。”马奎说。

“老五你吃烟吃烟。”他三哥说，“可是我始终不清楚你们为啥要离呢？”

“我这就给你说，”马奎说，把烟锅别到裤腰上，慢慢站起身，又把头低下去，凑近他三哥的耳朵。

“三哥，你听着：你不是人！”

他说完就走了。

“你，你是个喂不熟的狗，你连坤坤买的猪都不如。吃了我的烟，还对我口吐脏言。丁丁，把他撵出去！”

马奎走到街上，朝村子两头看看。他拿不定主意现在究竟上哪去。

“坤坤买了一头猪。”他脑子里突然蹦出了这个。

“春线，我不想你了，我去看坤坤的猪。”

坤坤不在。坤坤的婆娘桃娃坐在灯下做针线。

“是他叫你来的？”坤坤婆娘说，“你要是跟坤坤有啥事，就等一等。”

“没啥事。我听说坤坤买了一头猪，我来看看。我走呀。”他摸了摸烟锅。他朝房子里看了一眼。桃娃还在做针线。她面朝灯光，脸蛋红扑扑的。她脑门上趴着一只蝇子，一动不动，像一颗黑痣。她奶头很高。马奎想。从侧面看过去，坤坤婆娘的奶头把碎花小夹袄撑得鼓绷绷的。

“那么高！”他想。

马奎慢慢走进房子。他想：我不敢。坤坤会杀了我，再说，她不是春线，我不敢。可是他忍不住，他实在忍不住。他从怀里摸出两块钱，放到柜盖上，突然把桃娃抱住了。

“我的肉乖乖，你真心疼人。”他说，“我想要你。”

这就是那天晚上他在坤坤家所干的事情。

当时坤坤婆娘“哇”一声哭了，头往墙上撞。马奎很害怕，他想：我这下闯下祸了。

“桃娃，你别，别。都怪我不是人，是个猪。”他说完就跑了出去。

“坤坤，你把我杀了吧。”马奎想。

可是坤坤没有找他，一连几天坤坤都像往常一样在地里干活，只是多提了个笼，给猪弄草。马奎在东堰地里打畦子，远远地看着坤坤。“桃娃没给他说。”马奎想，“话说三遍，味如水淡。不管啥事，过了三天，也就没事了。”可是他的手仍在打颤。他看一眼坤坤，坤坤提着笼，在地里转着给猪拔草。坤坤过了刘家壕，坤坤朝东堰坡地来了。

“马奎，我买了一头猪。”坤坤说。

“咱村就你坤坤过得好哩。一个猪娃七十块，你看贵不贵。”马奎说，他感到身上的皮肉一阵发紧，舌头好像都搅不动了。

“你没去看看？”

“我就要去看哩。”

“你先看看这是啥。”坤坤说，从袖筒里取出一个纸包。

马奎赶紧说：“坤坤吃我的，我这烟好，一点不呛。”

“你看看是啥。”

马奎把纸包打开。

“坤坤。”

“是啥？”。

“坤坤。”

“啥？”

“猪屎。”

“吃。”

“坤坤，可是我没干真的。”

坤坤不吭声。

“我没脱她裤子，我只抱了一下。”

“坤坤，我就是这个，是猪屎。”

“吃，”坤坤说。

“我吃，我吃。”马奎说。

西 沟

伏天，太阳一出来就很厉害。现在是晌午，没有风，一切都死巴巴的。曹穗绒走出村子，穿过马家土壕，在南堰地里找到了贵贵。贵贵光着脊背，猫腰锄玉米。

“贵贵，我找你。你不嫌热？”

“我老远就看见你的红布衫和头上的花帕子了。”贵贵说，往四周看看。“地里再连狗大个人都没有。”

“你没狗大？我没狗大？”

“你看你说些啥。”

“贵贵，瞅你身上的汗淌成啥了？”穗绒说，从头上取下花帕子。“我找你。我要到西沟去。给你擦汗。”

贵贵没有接帕子，抬腿把脚上的土甩了甩，两眼瓷瞪瞪地看着穗绒。他脖子上的粗筋一跳一跳的。

“别这样看我，贵贵。你样样都好，就是眼窝像牛眼。”

“你说你要去西沟？又洗谁的脏衣裳？”

“贵贵我害怕你的眼窝。给谁洗？你说给谁洗？今天不给谁洗。你要有攒的脏衣裳就给你洗。你擦汗呀。”

贵贵使劲把锄头挖下去，然后松开手，锄把就像秤杆似的斜悬在空中。他接过花帕子往脖子上抹。没有风，玉米还小，叶子耷拉着一动不动。

“穗绒，你看我一下子就把帕子擦脏了。”贵贵看着手中的帕子说，“那么新，让我弄脏了。一会儿去了我给你洗。可是我不愿意你经常去那个地方。”

“我喜欢西沟，贵贵。从春天起我就老想往西沟去。咱这儿平天平地的真没有意思，连狗大个人都藏不住。贵贵你又睁眼窝了，你还听不听我说？”

“我听着哩，”贵贵说。

“有时候我半夜醒来，就想趁黑一个人走得远远的，一直走到深山老林里去，几十天不见一个人。贵贵，一会儿到了西沟，先找个僻静处让我坐一坐。”

“我不懂，”贵贵说，“穗绒，你说的话我全不懂。我不明白你今天怎么了？”

“我好着哩，”穗绒说，“你傻么。你看起来精细伶俐的，白长了个大眼窝。”

贵贵眨巴眨巴睛睛，咧嘴笑了笑。他忽然看见穗绒的眼圈有些发红。

“穗绒你哭了？”

“我好着哩，”穗绒说，“我只是想哭一哭。贵贵你不要劝我，你背过身去让我哭一哭。

穗绒哭起来。贵贵不敢看她，他听见穗绒的哭声先是细细的，像用春天的柳枝扭成的哨子，接着，哭声便急蹦蹦的，如同在烧红的铁锅里炒豆子。后来，穗绒就嚎开了。贵贵觉得自己的肠子一揪一揪的，马上就要断了。但他不敢看她。贵贵感到脚旁的玉米田，稍远处的麦茬地，和邻近的村庄都在一抖一抖地打尿颤。穗绒还在哭。贵贵预感到一定是穗绒刚才路过马家壕的瓦砾岗时，有凶鬼附上她的身了。她哭的声音真像巧会生前的声音。巧会去西沟洗衣裳，她男人赵拖娃嫌午饭做得太晚，把她毒打了一顿。巧会想不开喝了老鼠药，死在马家壕的瓦砾岗旁。一定是横死的鬼在给自己找替身哩。贵贵这么一想，就毫不犹豫地把手指头伸进嘴里咬了一下。可是穗绒已经不哭了。

“我不哭了，哭啥哩。”穗绒说着，擦擦眼角的泪。“贵贵你转过身来呀。你手上有血？”

贵贵把手上的血吸了一口吐在地上，看着穗绒。

“贵贵你别吓我。你咋不说话？”

“我想用血吓鬼哩。鬼最怕人的鲜血。”

“你傻么，”穗绒说，“你还信这个？咱现在就去西沟。”

西沟原是一条沟，后来筑了个坝，西沟就成了水库。他们来到西沟的时候，太阳还不到正午。沟岔里有风，站在坝上凉飕飕的。

"我要先找个僻静处坐一坐，"穗绒说，

"我听你的，"贵贵说，眼睛瞅了一圈，伸手朝半沟壁一个凹进去的地方一指，"你看那儿怎么样？"

他们沿着坝堤的斜坡走下去。沟底的水边，一排妇女正抡着棒槌砸衣裳，草地上晒着她们洗净的床单、被里、被面以及各种衣裳。贵贵在前，穗绒在后，两人下到半坡二级抽水站时，绕了半圈，拐上一条通往沟里的羊肠小路。翻过一道梁子，就到贵贵刚才指的那个地方了。这是凹进去的一个小沟岔，坡势很陡，只有一小块地方平缓些。左边有一孔废弃的窑洞，右边的梁子上稀稀拉拉有几棵野生的蓖麻。从这儿望下去，水库里的水绿汪汪、平展展的。在这儿看不见坝堤水边洗衣裳的人。离这儿不远，沟拐弯处有一片苹果园，时不时听见几声狗叫。

穗绒瞅瞅四周，在草丛中坐下。"贵贵，"她说，"我现在也爱你的大眼窝了。我喜欢这儿，我想住在这儿永远不走。"

"你看你都说了些啥。"贵贵说。贵贵不再吭声了。他看着穗绒，他的大眼窝长时间目不转睛地看着她。

"你姊妹五个，只你是一枝花。"他说。

"我妈说曹二家的三女子能进宫当娘娘哩。"他说。

"穗绒，我要把你这枝花摘了。"贵贵说。

穗绒一声不吭。她双肘支在膝盖上，用手掌托着下巴，眯眼瞧着水面。贵贵看不透她。他最近越来越捉摸不清她了。

"我把话说错了是不是？是不是？"

"不。"穗绒说，"是我错吃了一口屎。"

贵贵打了个尿颤。他听见脑袋里嗡地响了一声。原来是这样，他想，原来是狗日的这样。他慢慢站起身，从牙缝里说道：

"我是一摊牛粪，你错吃了这口屎，是不是？你咋不早说？"。

"你又傻了么，贵贵。"穗绒说，"你看你把话听岔到哪里去了。五个人中，我只跟你。"

"你刚才那话真的不是说我？"贵贵说，"可我还是不懂。我今天一点不懂。五个人，还有谁？"

穗绒又哭起来。她用双手捂住脸，但很快又把头抬起来了。"我没有办法，贵贵，是我爸让我干的，"她说，"但到底是我错吃了一口屎。

"我不懂，穗绒，我今天一点不懂。"贵贵说。

“甭为我担心，我好着哩。”穗绒说，她远远望着那片果林。“贵贵，你看苹果都长那么大了，我想吃个苹果。我想吃个没熟的生苹果。”

贵贵看一眼穗绒，说：“你等着。”

穗绒看着他走过那个破窑洞的门口，朝陡坡爬去。他在撅屁股往上爬的时候往手心里吐了一口唾沫，然后攀住一根抓地草往上一纵就跳上了那个陡坎。有好一阵子，穗绒只能看见他的头一高一低地晃动。贵贵，她说，贵贵贵贵贵贵。贵贵，我不讨厌你的牛眼窝了。过了一会儿，贵贵用背心兜了一堆苹果走回来。

“你看这能吃不？”贵贵说，“只熟了六七成，酸得牙软。”

“这么快？咋没听见狗叫？”

“狗睡着了。”

“我咋谢你？”穗绒说，眼睛瞅住贵贵的眼睛。她接过苹果的时候在贵贵的眼窝上亲了一下。“从现在起你样样我都喜欢了。”

可是贵贵在想别的事。他在想另外四个人。五个人，除自己外，还有狗日的四个。他从开始去偷苹果到现在一直都在想这件事。驴日的曹二到底叫穗绒干啥事了？

“你爸叫你干啥事了？”

“苹果占着嘴哩。”穗绒说。

贵贵就蹲下去，脖子扭了半圈，脸朝着那几株野蓖麻。穗绒咔嚓咔嚓啃着苹果。小沟岔里没有风。

“香得很，我都吃饱了。”穗绒说，她把那一堆苹果全吃光了。

贵贵盯着她看。

“甭这样看我，贵贵。你看我都不哭了，哭有啥好处哩。”穗绒说，笑了笑，可眼角仍挂着泪。“我姊妹五个，说婆家，都是我见的面。我爸叫我这样干的。收的聘礼都很高。他们都要娶我。”

“你爸是个猪。”贵贵说。

“千说万说也是我错吃了一口屎。”

“你爸是个臭猪尿泡。”

“可是，贵贵，我只跟你。你瞅，我把你给我摘的苹果连籽带核都吃了。”

“穗绒，我要把你爸的血给放了。”

“贵贵你快甭胡说了，”穗绒说，“你瞅，这西沟真是好，有水，有沟沟岔岔，有果园。你看水那么清，能把世上所有的垢迹都洗干净。”她说着扭头看一下那个窑洞。“我要到那里边去。贵贵，你也来。”

贵贵在窑门口站住。他觉得他在打尿颤。穗绒走到窑里头，转过身解纽扣。她脱下红衫子，脱下贴身的小背心。

“贵贵，你现在就把我这枝花折了吧。”

贵贵觉得他快要活不成了。血在浑身上下轰轰直响。他要尿一泡。

“贵贵，你不敢吗？”

贵贵对自己说：我已经死了。他扑过去。他要把穗绒压在他的身下。他要把她全身啃遍。

“你看我敢不敢？你看我敢不敢？”

“贵贵，噢，好贵贵，噢噢。”

“你看我敢不敢？你看我敢不敢？”

沟岔里没有风。太阳已经正午。沟梁上有几株野蓖麻。坝堤的水边，妇女们仍在洗衣裳。果园里，狗在睡觉。太阳已经正午。一会儿，两个人从窑里走出来。穗绒理理头发，对贵贵说：

“你说了你今天要给我洗帕子，现在你去洗吧，让我一个人坐一坐。”

贵贵对她傻笑。贵贵跳了几跳，翻过他们来时经过的那个梁子，到坝堤那儿去洗花帕子。他站在一株蓖麻旁扭头想再看看穗绒。他看见一只硕大的红蝴蝶从沟坡上向水面俯冲下去。

奶 味

早上七点钟，来顺已经挤完牛奶了。他在裤子上擦擦手，笑眯眯地看着奶桶。牛圈刚打扫过，垫了土，有一股干净新鲜的空气味儿。牛站在那儿刍草。奶冒着热气，香喷喷的。

天还没大亮，来顺靠住槽头，取出烟来吸。来顺原先不养奶牛，看见韩发发天天早上骑车子交牛奶半年发了财，他就托人贷款，也买了一头。牛吃草喝水，生奶变钱哩。

来顺慢慢吃烟，一点不急。圪崂村离保当村只有二里路，收奶的人一直要收到十点，所以他不急。他知道他婆娘刘绒花已经品出门道来了，以后，绒花的舌头就是师傅。只要她舌头尖那么一舔，一品，说声，“对咧”，事就成了。那韩发发天天交五十斤，收奶员也不说啥。来顺听见奶桶里的泡沫噗噗响着塌下去，就扔掉烟头，站到院子里“嗨”了一声。房门吱扭一响，他婆娘刘绒花扣着棉袄扣子走出来。

“挤完了？”

“完了。比昨天多，桶快满了。”

“你看我睡得死不死，天都大亮了还胡做梦哩。”

“不急，急啥。”

刘绒花到厨房提了半桶温水，另一个手里捏着几个塑料袋子。来顺提过水桶，拆开一袋洗衣粉往桶里倒。

“我总觉得这样不好。”刘绒花说，把另一个盐袋子拆开。“咱光兑些水算了，我害怕弄这事。”

“光兑水浓度不够，比重也不够，你不是不知道。”

“我知道。但我害怕。每次干这事我的手都抖哩。”

“快搅。韩发发拳头大的个牛，天天交五十斤，还不是靠这个？”

“全是娃娃吃哩。”

“你搅你的，城市里哪个娃长得不比咱娃好？”

“看我，手抖得厉害。”

“你？没穿暖和。”

桶里加了洗衣粉的水旋转着，冒起高高一层泡沫，噗叭乱响。来顺往里边又添了些盐和碱。

“韩发发狗日的天天交五十斤。”来顺说。

“他跟收奶员熟。”刘绒花说。

“原先那个跟他熟。这一个黑红脸，搭句话都难。韩发发办法稠。”

“都这样搞要出事哩，我心里总不踏实。”

来顺看了婆娘一眼，没吭声。他提起奶桶，往刚加过洗衣粉的水桶里倒。刘绒花拿勺子搅。奶牛转过头漠然地看了看，甩甩尾巴，继续刍草。

“现在你尝吧。”来顺对婆娘说。

刘绒花拿勺子舀了点奶，憋住气，伸出舌头去舔。她感到一阵恶心。她嘴唇一沾白花花的奶就想起脓包里的脓。她闭上眼呷品了一下。

“你的舌头就是师傅。”来顺说。

“呜哇，味道臊。呜哇。”

“你没放糖？”来顺说，进房子拿出糖精瓶，往奶桶里弹了几粒。这时，有人敲院门。

“有人。”刘绒花哆嗦着说。

“是马堂。”来顺说，“这个搅臊狗又来了。”

刘绒花慌忙把洗衣粉袋子和盐袋子塞到牛槽底下。来顺把奶桶提到一旁，朝牛槽里抓了一把料，用搅草棍搅拌着。

“牛。”他高声说。

马堂操着手走进来，眼睛瞄着奶桶。他凑近刘绒花说：“我看你两个黑间好像弄事来。”

“看你说些啥，娃都醒了。”刘绒花说。

来顺把搅草棍挂到槽头墙上，取出一支烟来吸。马堂坐在挨墙的铡草墩上，掏出自己的吃。

“你们忙，我没事。”马堂说。

“不忙。”来顺说，转向他婆娘。“早上煮糁子，再下点红薯。”

刘绒花穿过院子，进厨房去了。

“你这牛花型好，就是嘴太尖了。”马堂说。

“啊哈，你说的对着哩。”

“腿也长些，奶牛不要腿长，又不是个耕牛。”马堂说。

“你说的对着哩。”

“发发昨天交了五十二斤。”马堂说。

“啊哈。”

“扣了我十斤。”马堂说。

来顺眉头跳了一下，随即“嗤”地一声笑了。他走过去把牛鼻梁上的一根长草弹掉。“你胡日鬼哩，咋不扣？我看扣得太少了。”

“你给我说这个？”马堂说，站起来伸个懒腰，一眼看见了牛槽底下的洗衣粉。马堂眨眨眼说：

“来顺，你拿洗衣粉洗牛槽哩？”

“洗衣粉？”来顺说，“啊哈，你说的对着哩，牛是个干净东西。”

马堂对来顺谄媚地笑。

“嘿，嘿嘿。好来顺哩。”

来顺很严肃。来顺一声不吭。

马堂看着来顺的脸绷得紧紧的，又好像笑眯眯的，心就凉了。他慢慢走向头门口，又回过头说：

“牛吃草不敢太长，长了就呛住了。”

“啊哈，你说的对着哩。”来顺说。

马堂一走，刘绒花就从厨房走了出来，她看见来顺仍然靠在槽头上笑眯眯地吸烟。

“你的舌头真值线。”来顺说。

刘绒花再一次拿勺子舀起一些奶放到嘴边。她抑制不住她的恶心。她想到了脓包里的脓。她听人说过人的脑髓就像奶一样是白花花、软糊糊的。她想吐。她觉得有人正在揪她的肠子。可是来顺看着她，对她笑嘻嘻地说：“你的舌头真值钱。”

“我以后不尝了。”刘绒花说，“我受不了。呜哇。”

“啊哈，你看你，净说三岁娃娃的话，马堂为这都快急疯了。”

“你自己尝。我晌午要吃蒜。”刘绒花说。

“绒花。”来顺说，走到婆娘跟前，温厚地拍拍她的肩。“你知道男人家吸烟把嘴吸疲了，尝不出个啥味道。得靠你，你不能吃蒜。我敢说，马堂要是知道了这办法，一天能交五十五斤。”

“他爱交多少叫他交去，我不管。”刘绒花说，“来顺我看你越来越像个人样子了。呜哇。”

“咱现在不扯闲淡，”来顺说，看了一眼亮晃晃的天空，然后目光坚定地瞅住刘绒花。“快尝，看味道还臊不臊？”

“我不想尝，”刘绒花说，把勺子放到奶桶里。“呜哇。”

来顺盯着手中的烟头，吹了一口气，随手把它扔到牛圈后头的牛尿里。烟头“嗞”地一声，冒出一缕蓝烟。刘绒花身子又哆嗦了一下，她听见头门口又有谁来了。

“嘿嘿，还是我。”马堂走进来说，“你两个吃啥好吃的，尝来尝去的？”他取出一支烟给来顺。

“你吃你的，”来顺说，“我刚撂了。”他的脸看上去像一块青石板。“马堂，你没看见我现在忙得很？”

马堂目光投向奶桶，又转过来对来顺谄媚地笑。

“好来顺哩，你忙你的。我只想看看你给牛喂些啥。根根，你挖草去？”

来顺的儿子根根提着竹笼，一边揉眼睛一边出门去给牛挖草。

“把笼挖不满就别回来。”来顺说。

“根根，叔给你说个草多的地方。”马堂说，“翻过乔家沟，东堰那片坡地里净是草，草比麦苗多，快去。好来顺哩，这地方我没给旁人说过。”

“啊哈，草又不姓马。”来顺说。

那时候，冬天的太阳已从房背后升起来了，由屋檐透进来的一束阳光照在奶牛的奶上，另一束阳光照在来顺和马堂的脸上。刘绒花不知什么时候进了厨房。两个男人在牛圈里的阳光中看上去怪模怪样的，像竖起来的两个铡墩。马堂仍然谄笑着。

“好来顺哩，”他说，“我想知道，想知道你给牛喂的啥，出那么多奶。”

“我？我给牛吃人参哩。”来顺说。马堂扑闪扑闪眼睛，咽下一口唾沫。他用一种近乎干哑的嗓子讨好说：“青草比料好喂，牛肯吃。东堰草多的那个坡地，我一直没给旁人说过。”

“啊哈。”来顺说。

“好来顺哩，你给说说方子和比例。求你哩，我把你叫爷哩。”马堂很下贱地这么说。他的声音像哭丧一样难听。

“我弄不清你说的啥，马堂。”来顺说。

“我心不重，一天只掺五斤。”

“马堂，我听不懂你的话。”来顺说。

马堂看着来顺。在太阳光里，马堂像一只土鳖那样看着来顺。他突然抬手朝自己的脸上砸了一拳。

“你！好狗日的你来顺，吃独食小心噎死。”马堂说。马堂说完，甩胳膊走了。

“啊哈，你说的对着哩。”来顺说，他说得很开心。

刘绒花忽然闪了出来。“就是对着哩。”她说。那束阳光现在照在她的碎花袄上。她站在硕大的奶牛旁，显得娇小而单薄。她嘴里正“咔嚓咔嚓”吃着什么东西。她对她男人来顺妩媚地笑笑，朝他哈一口气。

“你在吃蒜？”

“我想吃。”刘绒花说。

“还没尝奶哩，你敢吃蒜？”

“我想吃。我的嘴在我身上，由我。我偏在这个时候想吃蒜。”刘绒花说。

“快去漱口。”

“我还没吃够哩。”刘绒花说。

“你想死？”

来顺把烟头在槽帮上揿灭，笑眯眯地向他婆娘逼过来。他一把揪住她的小棉袄领子，使劲一推，刘绒花靠在了牛槽上。牛转过头看看这两个人，眼皮跳了几跳，又摆回头去吃草。

来顺一手提起奶桶，一手卡在刘绒花的后脖子上，把她的头往桶里按。

“我要天天吃蒜。呜哇。”刘绒花说。

来顺丢下奶桶，顺手从牛槽里操起搅草棍。他“嘿呀”叫一声，像劈木头一样朝他婆娘的头顶砸下去。他甚至还说了这么一句：

“绒花我打你这一顿，你今后就不会再吃蒜了。”

刘绒花布袋一样顺槽墙溜下去，蹬了蹬腿。她看见满地搅和在牛屎牛尿里的白奶，看见了白花花、软糊糊的一滩脑髓。在太阳熄灭的一刹那间，她闻到了一股浓烈的、臭烘烘的奶味。

梢　林

来安对菊子说：

“我想跟你钻梢林去。”

菊子正在东堰坡地刨红薯，新翻的虚土埋住了她的双脚。她手拄锄把，喘着气说：

“你没看见我刨红薯吗？今天得刨完它。”

“你爸真不是个东西。”来安说，一脚将一块红薯踢到沟底。“这么费力气的活叫你一个人干，他怎么不干哩？”

“来安你甭骂他，他有病哩。”

“啥病？谁不知道他爱吃好的怕动弹。”

“他腰疼。”

“那你兄弟呢？”

“背上生了个疮。”

“反正你爸不是个东西。”来安说，“菊子，你给他刨烂，叫红薯存不成窖，他就不叫你一个人刨了。”

“看你说的。”

“我要你跟我去钻梢林。”

“不行，”菊子说，“还有这么多没刨哩。”

“我要你现在就去。钻梢林，爬公鸡山。”

“来安，你今天咋啦？”

“去不去？你可别后悔。”

“来安你咋啦？”

“我要你去。”

"可是，来安，青天大白日的。"

"你能把太阳摘下来，得是？把套衫穿上，咱走。"

菊子把锄头藏在红薯秧子下边，穿上套衫，他们就离开了东堰坡地。

他们沿着一条自晃晃的小路，翻过底角沟，翻过牡丹台，进入峡谷。这是一条干生生的峡谷，没有树和荆棘丛，像人的两条光大腿。但是峡谷里仍然阴森森的，可以看得见太阳。太阳就这么长在天上。一只鹰或两三只红嘴乌鸦在空中飞。峡谷里有风，冷飕飕的。

"你冷？"来安说，看看菊子，又看看峡谷两旁。"前边石坎那儿有太阳，咱坐一坐。"

"来安，我弄不清你要干啥去。"

"不干啥，咱坐一坐再走。"

来安走到太阳下停住。真是日怪，一到太阳下好像风也不吹了。北边崖壁凹进去一个洞，洞口有一块突出的石头。来安坐到石头上。菊子没坐，看着来安。

"来安，你得给我说你今天要干啥。"

"不干啥。"来安说，眼睛瞅着那个石洞。"我想起来了，我就是在这儿逮住那只麝的。你爸当时是队长。"

"别提那件事，来安。"菊子说。

"你爸狗日的是队长，几个月后把麝香割了。"

"别再说了，来安，求你别说了。"

"你姐那时在两亭镇饭馆里卖羊肉泡，跟一个司机好上了。你爸嫌丢人，叫你妈把麝香放在你姐枕头底下，把娃打下来了。你姐也死了。菊子，你爸真不是个东西。"

"来安，你是个二杆子，我要回东堰去刨红薯。"

"我不该逮那只麝，你姐在阴曹地府也咒我哩。菊子你甭往回走，咱这就去钻梢林。看，前边可不就是公鸡山么。"

峡谷出口那儿，阳光灿烂，一片白亮。稍远一点，公鸡山斑斑驳驳，说不上是啥颜色。秋天一到，山上的颜色就乱了。公鸡山就是这么个山。梢林里，这儿一片苍青，那儿一片枯黄，这里一片深红，那里一片枯黑。方圆几十里，就公鸡山长树木、荆棘和杂草。其他地方都是些又光又秃的黄土峁峁。

他们走出峡谷，抬头看了看天，太阳明晃晃。来安对着太阳打了个喷噻。菊子看见他眼睛迷迷糊糊的，像要睡觉的样子。她感到害怕。

“我不钻梢林，”菊子说，声音发抖。“我得回去刨红薯。”

“菊子，你甭怕，我好着哩，我有重要事情对你说。”

“那你快说，就在这儿说。”

“我要钻进梢林，到山顶上说，这事必须到山顶上说。”

“来安，你别骗我。你别干二杆子事情。”

“我不。我咋能那样呢。”来安说，眼睛瞅着梢林稀疏的地方。“来，咱从这儿钻。”

山坡很陡，梢林又深又密，长着水条杨、千层皮、蛇麦草、呱啦鞭之类。叶子落了厚厚一层。斑鸠、黄鹂、长尾巴雀在枝杈间跳上窜下，不住嘴地啼叫。太阳花花散散地透进来，像梦中的情景，叫人感到不踏实。菊子抓住一条枝丫，四下看看，她辨不清方向。

“来安，你有话就在这儿说。我听完回东堰坡地刨红薯。”

来安不说话，盯着菊子目不转睛地看。来安的头上落满黄叶子和干枯的藤蔓。菊子往后缩，绊了一下。

“来安，你是个鬼。你叫我来这干啥？”

“不干啥。”来安说，他仰头看了看太阳。

“那你叫我干啥？”

“不干啥，到山顶上再说。瞧，山顶可不就到了么。”

公鸡山是这一带最高的山，站在山顶上能看到很远的地方。山顶上有一座古庙的残迹，来安嘿嘿笑了两声，就大咧咧地走过去，坐到那半截土墙上。风从耳边呼呼吹过。菊子肩膀缩得低低的。山里就这么怪，有些地方没有一丝风，有些地方风能吹倒人。太阳仍然挂在当空，明晃晃的，一片灿亮。一群乌鸦在天上飞，像爬在墙上的苍蝇。

“臭苍蝇，”来安说，“这些乌鸦像苍蝇一样又臭又讨厌。来，菊子，坐到这儿来。你哭了。哭啥？你好好的哭啥？”

“来安，你有话快说，我这辈子再也不信你了。”

“急啥？”来安说。他站到土墙上，向远处眺望。“瞧，圪崂村，”他说，“我从来还没有从公鸡山上看过圪崂村哩。它是个丑八怪，菊子，你来看，它是个丑八怪。”

“你敢这样说咱的村子？”

“你看那烂地方像个啥？”

“我看不出来。”

“猪尿脬，像个猪尿脬。”

“来安你是个鬼，你再敢这样说？”

“你看那儿，全是些黑洞洞，像瞎疤疤，没眉没眼的瞎疤疤。”

“来安，你要烂舌头。”

“再看牡丹台，一片红土，光溜溜的，还牡丹台哩，连个毛都不长。”

“来安，你真的是个二杆子，我这回算识透你了。咱两个今后一刀两断。”

来安不吭声，从墙上跳下来，走到菊子跟前，瓷着眼看菊子。菊子双手抱住肩膀，惊骇地看着来安。

“你？”

“我。”

“你要干啥？”

“不干啥。”来安说，“我本来想吃一下你的舌头，可我现在不想吃了。”

菊子蹲在地上呜呜哭起来。来安呷呷嘴唇，咽下一口唾沫。他仰头看了看天。“呀，太阳狗日的走得这么快。”他说，“菊子，你快甭哭了，我要走了，再不回圪崂村。我就是要给你说这个。”

“把你死了才好，”菊子说，“把你这样的人死一百个才好。”

“昨晚我抹牌来。”

“你！你又要钱？”

“我把你输了，”来安说，“我没办法，就把你搭上了，所以我要走了。”

菊子站起身，突然像抡锄头那样抡起胳膊扇了来安一巴掌，来安捂住脸，嘿嘿笑了。

“好，”他说，“扇得好，我更灵醒了。”

来安说完，顺着山的另一面走下去。他没有回头。他就这么离开了圪崂村。

一个阳光明亮的晌午

丁旺嘴里叼着纸烟，仰头看了看天空。太阳很低，站在窑门前看见它离公鸡山山顶只有一丈来高，你对着它往前走几步就看不见了。沟里头就这个样子，秋天刚过，太阳就这么低了。但是，一切都很明亮，沟沟垴垴全都亮堂堂的。丁旺吸着烟，心里格登一下，忽然想起家里有件什么事不踏实，就决定先不去崔本家抹牌耍五龙十点半了。叫他们干等去。叫那一伙驴日的先一个赢一个的去。

丁旺回到家里，一眼就看见了放在炕墙上的那封信。就是它，狗日的。他爸丁守油靠着炕墙捻麻绳，手里拿着半截生红薯。

“今年红薯长得不好。”他爸说，“看看你早上起的那两筐，一满没毬个样子。”

“爸，你真的有工资了？”

“日你妈，公家来的信还能假？红薯不红，吃着就不干甜。”

“公家月月把钱汇来，是不？”

“咱得想个办法，我看今年这红薯在窖里怕存不住，趁早交到保当村粉房去。”

“爸，我问你是不是月月把钱汇来？”

丁守油头往前一突，把捻麻绳的拐子停住，说：“我说的啥？你狗日的问的啥？”

“爸，你甭这样。要是早有工资，玉肖就是我的人了。”

“你怨我？”丁守油说，突然把那半截生红薯摔到地上，“说的你妈嘴上没长毛的话！你给我说这个？我倒要问你啥时候能把红薯拉到保当村去。”

“爸，咱不吵。”丁旺说，“我还有事呢。”

丁旺走出窑门，又抽出一支烟叼在嘴上。沟里亮光光的，知了像被夹住尾巴的狗，在核桃树枝上撕破嗓门干嚎。丁旺低头把烟点着，大咧咧地朝崔本家走去。玉肖从她娘家回来了吧？丁旺想，狗日的崔本前天就说要把婆娘叫回来。玉肖的脖子真像脂油。她的脸不受看。可只要一弯腰，小褂子领口就露出一大截白脖子，叫人心疼。

“丁旺你往哪儿看？还要不要？要不要？”

“要。”

“再还要不要？”

“要。”

“哈哈，光这两张就十六点，丁旺又憋死了。”

“掏钱，丁旺。”

“崔本你狗日的。”丁旺说。

“羞先人呢，丁旺，输不起就甭进场合嘛。”

“我日你先人呢崔本。”

玉肖坐在炕沿上纳鞋底，一枚五分钱滚到了地上，玉肖猫腰去拾。丁旺盯着她的脖子，只感到心口疼。狗日的崔本，娶了个白脖子婆娘，他想。

“十四点半，丁旺又憋死了。”

“丁旺，掏钱。”

“不够。丁旺。这回你坐的庄得加一倍。”

丁旺拐过拴牢家的茅房墙，一眼就看见玉肖了。她果然回来了。她坐在窑前的核桃树下做棉袄，几块拼在一起的门板上晒着玉米。狗懒洋洋地躺在一旁。

“你在晒玉米呐？”丁旺说，站住看玉肖手中的棉袄，“你的手又勤又巧。”

“你笑话我。”玉肖说，“三四年没拆洗了，崔本脏得像猪。你看这领子，一满没个眉眼。”

“有你呢，崔本比我干净。我的袄都穿了五年了，我妈也不给我拆洗。”

“你兄弟们多。你妈顾不过来。你咋才来，他们已经耍开了。”

“叫他们耍去。”丁旺说，扭头看看沟对岸的公鸡山。阳光下，梢林亮铿铿的，山凹里照不见太阳的地方，远远看去像一片片黑膏药。在山脚旁，是一块掰过棒子的玉米林。

“你看玉米都干了，”丁旺说，“玉肖，你知道那个地方年年种玉米。”

“种玉米怎么了？”

“那一年，我去砍柴，嘿嘿，不说了。玉肖，我要告诉你，我爸有工资了。”

“你爸哪会有工资。丁旺，你把上边那话说完，种玉米怎么了？”

“我爸从今年下半年就有工资了，公家来的信。这么大的章子。我爸原先在煤矿上工作过，落实政策呢，我爸就有工资了。你不信？”

“你爸真有工资了？那你还不快去耍，他们已经耍了好一阵子了。拴牢连早饭还没吃哩。”

“叫他们驴日的先耍去，”丁旺说，擦火点燃一支烟，蹲在狗旁边吸。狗半睁开眼看了看，又合眼睡去，“看啥哩？”丁旺说，把烟灰吹到狗嘴上，“你驴日的当谁不知道你的底细？玉肖，我给你说。”丁旺往玉肖跟前挪了挪，“我给你说这狗是咋来的吧。那一年，圪崂村的狗全疯了，它们成群结伙吃玉米地里的嫩棒子，一糟蹋就一大片。工作队命令民兵把狗围在底角沟，用棍子全打死了。你家的狗，当时在山脚旁的那片玉米地里，跟保当村的一条狼狗正交配哩。”

“丁旺，你就给我说这个？”

“这有个啥哩。那狗就怀上了，下了这个狗。嘿。你个杂种再看看我？”

狗又把眼闭上了，尾巴在地上蹭了蹭。

“丁旺，你快进去，他们等着哩。人多了有耍头。”

“他们耍他们的。”丁旺说，“玉肖，你是自己回来的，还是崔本驴日的把你叫回来的？”

“丁旺，我不想再跟你说话了。”

“这有个啥哩。玉肖，我爸有工资了。”

“那你快去耍，肯定能赢。”

“我现在不想耍。那一年，我去公鸡山砍柴，路过玉米地，嘿嘿，慢了几步，没看见个啥。算了，咱不说了。”

“丁旺，你想说什么？”

“我真的没看见个啥。要是快走几步，嗨！”

“快走几步就怎么了？丁旺，你爸来了。”

丁守油弓着腰，担两担红薯朝这边走过来。

“你还不快去接上？”玉肖说。

“我不管他。”丁旺说，“我的大事他从来不管，我也不管他。他要到保当村粉房去。瞧，他拐上去底角沟的路了。”

丁守油换了个肩，慢慢下了沟。在沟尽头，一条羊肠小路蜿蜒爬上山去，通往保当村。

“你不该不管，丁旺。你爸都五十八了。”

“五十六。”丁旺说。

“五十六岁头发就全白了。丁旺，你快进去插一家子，听，他们要得多热闹。”

“我这就去。”丁旺说，“那年我去砍柴，路过玉米地，慢了几步，我看见时你已经提起裤子了,我没看见你身上个啥。地上湿了一大片。真的，玉肖，我没看见个啥。几年来我老想这事，要是那天我在沟口不跟拴牢他爸说几句话，耽搁了几步，兴许你就是我的人了。”

“丁旺，你不要脸。”玉肖说，脸涨得紫红。她匆匆收起棉袄，低头咬断针线。她低头的当儿，丁旺盯着她的脖子。核桃树上上百只知了起劲地叫着。

“玉肖，你的脖子真像脂油。”

“呸，不要脸的丁旺。我去叫崔本。”

“崔本是驴日的。你叫去。”

“我来了。”崔本说，他从窑里出来解手，“丁旺你羞先人呢，咋不敢进场合？”

“我给你驴日的说，我爸有工资了。”

“崔本，他在我跟前说脏话。”

“你爸会有工资？好嘛，来来来，咱耍大点。”

“他说脏话羞辱我，崔本。”

“去去去！”崔本一摆胳膊对她婆娘说，“光扯蔓不结瓜的个货。”

玉肖靠住核桃树，把脸埋在双手里，呜呜地哭起来。狗站起身看了看，摇摇尾巴，走到远一点的一个地方又卧下睡觉。

“丁旺，咱进窑去。”

太阳白灿灿的，空气透明发亮。

第四辑　生活方程式

在一条河边，一对男女钓鱼，一对男女玩扑克牌，他们谁更优雅？谁更富有情趣？两对男女自以为是，沾沾自喜，都以自己的标准取笑别人，而无法从他人的角度来对照自己。这里的问题是，人可以超脱于自身的存在，从“他者”的视角来重新自我审视吗？当他们将场所和心理置换之后，新的问题是，人是否清楚自己的内心，什么样的生活才是最需要的？

一个年轻女子，衣食无忧，但她只看见对面墙上的另一块砖头；一个中年男人，在咖啡屋暧昧的光影里，双眼迷离；面馆里的一小时午餐，几个人，各怀心事……生活并不确定，生活方程式不可索解。或许，彷徨、困惑、孤独、焦虑是生活的常态，而幸福甜蜜只是一个美好的愿景？

钓鱼和玩扑克牌的男与女

这一段河谷，叫做沣峪口，是城里人节假日经常来消闲的地方。阳光，河水，鹅卵石，野生植物，鲜花和蝴蝶，还有温润的风，都在春天里弄成好风景，带给人不错的心情。

一对男女在河湾那儿钓鱼。他们从头到脚都是休闲装束，身旁堆放着户外活动所需的一应物品。由此可以推测，他们一定是丢开了天大的事情，终于分出身来，驱车到山里，决心把今天一天的时间完全交给自己。他们依偎着，亲密而不缠绵；目光平静，里面有那么一点点期待，良久注视着河面上鱼竿的浮子。

河的那一边，在布满大小鹅卵石的空地上，另一对男女盘腿坐在一张粉红色塑料布上，面对面玩扑克牌。他们没有钓鱼的男女那么安分，一边玩牌，一边打情骂俏，时不时还爆出“哇噻”“我靠”一类的喊叫声。他们的脚也不老实，一会儿你蹬我，一会儿我勾你，手舞足蹈，嘻嘻哈哈，好像沣峪口是他们家的后花园，是日常生活的一部分。

按说，在这么一个好天气里，又是公共场所，这两对分别属于不同社会群体的男女各玩各的，互不相干，他们之间不会有什么故事发生吧。但是，人在有些时候偏偏很奇怪，难以做到不去理睬别人的事情。

钓鱼的男女起初气闲神定，但不久，他们眼睛的余光扫见了玩牌的男女，此后，他们便没法不留意河对面的动静了。那一对男女的轻浮举动及其无所顾忌的笑闹，仿佛鱼竿上的钓线牵引他们的注意力。

钓鱼的男对女说：“世界之大，无奇不有。这么好的时光，这么好的地方，居然有人从城里跑来专门玩扑克。”

女说：“唔。”

男说："更让我想不通的是，这种低级游戏，他们竟玩得那么兴高采烈，真是匪夷所思。"

女抬手在脸前拂了拂，说："无聊呗。内心空虚呗。"

男说："根据我的判断，那两个人以其现有的知识水平，不可能知道UFO为何物，可是你听，他们正在大谈不明飞行物，说是亲眼看见了一个圆形的光柱拖着两米多长的尾巴，在空中移动。像真的一样。哼哼，可笑。"

女说："有的人天生喜欢不断为自己制造新闻。我们公司有个女推销员，经常说她遭到了男人的非礼，其实她的相貌，天哪，我都替她难为情。"

男说："如果是我的下属，立即通知走人。"

女说："那又何必。你用欣赏的眼光去看，蛮有意思。比如河对面。"

男说："唔，倒也是。好玩。"

女说："瞧，他们一个拧一个的脸蛋。"

男说："恶俗，没教养。"

女说："不知他们玩些什么名堂？"

男说："无非是大压小一类的玩意，别理会。"虽然这样说，男自己却扭动脖子往那边看了一眼。"量他们也搞不出别的新鲜花样。唔，我感到鱼钩的浮子动了一下。"

女说："哦？我们一心一意钓鱼吧。"

男说："生活丰富多彩，总有一些人会给别人提供笑料。"

女说："唔。我需要再涂点防晒霜。"

玩扑克牌的男女果然在玩那老一套大压小的把戏，赢方给输方一个捏脸蛋的惩罚或者说赏赠。但输的一方往往不守规矩，每回都要以同样的动作来报复。看得出，他们的心思并不集中于扑克牌，只有胡闹才令他们开心。自从注意到钓鱼的男女之后，他们觉得嘲笑河对面的人更能叫人开心。而且，那两个装模作样的男女像空中的游丝一样老在眼前绕来绕去，让他们丢都丢不开。

玩扑克牌的女对男说："耶，你看河那边。钓个破鱼需要那样的装扮吗？好像要去西藏登珠穆朗玛峰似的。"

男说："真没劲，跑到这里玩情调来了。"

女说："我最讨厌矫情之人，纯粹在作秀嘛。哇噻，我赢了！来，伸过脸乖乖让我捏。"

男说："你轻点好不好？小心我一会儿给你脸上捏出胭脂来。我靠，这两个人让我想起我以前的那个老板。他算是有点钱吧，自称很有他娘的品位，为了培养他儿子的贵族气质，每个礼拜都要把那小杂种带到五星级酒店去坐一坐，感受那里的气氛。可笑不可笑，这样就成贵族了吗？钓钓鱼也就成贵族了吗？”

女说：“耶，恶心死人了。我给你说，我真的看见飞碟了，一个圆形的光柱，跟盘子一样，由西往东旋转移动，还拖一条亮尾巴。不信？你敢不信？”

男说：“我说过不相信的话了吗？我看他们往这边看哩。我敢肯定，他们今天连一片鱼鳞也钓不上。”

女说：“耶耶，还往手背上抹防晒霜。既然抹那东西，就不要出来见太阳。见光死耶！”

男说：“你说得好。来，咱们换一种玩法，我给你推算命运。”

阳光普照，河水东流，风从山谷穿过，像河床的呼吸。这一天真好。

钓鱼的男女虽然这一天没有钓到鱼，但他们并不懊丧，一来因为沣峪口的春天确实清爽宜人，二来因为玩扑克牌的男女给他们提供了趣味和笑料，使他们备感愉快。同样，对玩扑克牌的男女来说，这一天也很快乐，尽管扑克牌的几种玩法一律索然无味，可是互相捏捏脸蛋却刺激来劲，尤其是，钓鱼的男女成为了他们嘲笑取乐的对象，由此产生的愉快是他们在平常心境下绝对体会不到的。

事情就是这样：钓鱼的男女和玩扑克牌的男女这一天同时得到了前所未有的快乐。而且，他们于当天晚上把这种快乐又加以扩大，分别在自己的圈子里向朋友们讲述白天的事情，引得众人哈哈大笑不止。

又一个星期六。

沣峪口依然是春天：明媚的阳光，欢快的河水，光溜溜的鹅卵石，烂漫的野花，纷飞的蜂蝶，翠绿的树木，当然还有和煦的风。夏天正一步一步地逼近哩。

一对男女在河湾那儿钓鱼。另一对男女在开阔地的鹅卵石上玩扑克牌。所不同的是，钓鱼的是以前玩扑克牌的，玩扑克牌的是以前钓鱼的。

墙上的另一块砖头

“对面墙上有一块疤痕，我每天都能看见它。”

“我怎么看不见呢，几年来我从没有发现过异样。”

“噢，就在那儿，五层楼和六层楼之间，巴掌那么大。”

“你知道，那是一座旧楼，不属于这个小区，因此显得很别扭。”

“我指那面墙。巴掌大一块，和别处不一样。”

“我看不出，它浑然一色，没有什么特别之处。它使你不愉快了吗？”

“其实你一留心就能看见了。它让我想起很多事情。”

“唔，我们完全可以不看那面墙。喏，右前方眼皮底下就是草坪和花园，你看，春天的阳光多么温煦，我们在平台上喝着咖啡，为什么不观赏那儿呢？”

“你说得不错，可它好像有一种磁力，总吸引我，我没有办法不看它。”

“你怎么了？让我摸摸你的额头。唔，明天我去买一只猫给你养。”

“我一直在想它为什么会留下疤痕。为什么呢？”

“要不，买一只狗？狗比较听话。”

“我喜欢做别的事。我宁可沉入冥想。你说，为什么呢？”

“我担心你太多愁善感。不过，当初你打动我的正是这一点。你如果觉得寂寞，不妨去参加一项什么健身活动。”

“你认为我身材不够好吗？章子怡我都不把她当回事。是不是粉刷工最后刷墙时疏忽了？”

“我这会儿在检讨我对你关心不够。”

“别这么想，你千万不要这么想，我真心实意感到心满意足。我不愿给你添哪怕一丁点儿烦恼。”

“我的确分不开身，只有星期天的上午才能陪陪你。我为此感到内疚。”

“你这么说，我心里像猫爪子抓过一样乱糟糟的。我不看那面墙了，你说得对，草坪和花园能滋润人的眼睛哩。”

“这就对了。这样很好。”

“噢，你看那个小孩蹒跚挪步，可爱死人了。我想也许是搭脚手架时留下的吧？”

“唔。”

“你看我。我不知道我怎么了。我惹你不高兴了吗？”

“我提议我们去郊外兜兜风。”

“我现在不想要那种疯狂的感觉。我认定它是墙上的另一块砖头。原先有一个窟窿，然后镶进去的。”

“哦，说你多愁善感你真是多愁善感。我想抽一支烟。”

“我也抽一支。我吐不了你那么圆的烟圈。原先的窟窿也许小一点，把砖头削去了一些；也许大了一点，加了楔子。”

“你是说你委屈了自己，尽量来适应我？”

“不不，完全是我自己的原因。你看，我能吐出很圆的烟圈了。啊，今天咖啡的味道相当不错。”

“你要再加一点糖吗？我不希望你不开心。我一直非常在乎你的情绪。”

“我知道。有一天我进城看见过她的背影，她的背影显得那样迷茫，刻满人生的沉重与苦楚……”

“你说什么？别胡思乱想。”

“我们是不是有愧于她？”

“感情和道德无关。我说过，我们在一起时不谈论别的任何人。”

“啊，那个小孩跌倒了。我想把他抱在怀里，我想从我的心头掉下一块自己的肉。”

“唔。”

“我想爬上梯子，近距离看一看那块砖头。”

“什么？我说了我不希望你不开心，明天我会让人把那块疤痕处理掉。”

“你不是女人，对许多事情你不会有女人的体会。”

“当然，那当然。”

“我以前弄不清楚，好好的一面墙，怎么会有一块疤痕，现在我知道了。”

“你还在想什么疤痕和砖头？”

“没有，我没有。我就是那墙上的另一块砖头。”

“你怎么会这么想？我不知道谁会有这么离奇的想法。”

“我。我不管比喻恰当不恰当，这是我的感觉。”

“我不懂。我只知道我们现在的心情与这么美好的时光很不相称。”

“噢，我不是有意的。我不想惹你不高兴。”

“我？好了，好了。好端端的你哭什么？”

“你让我哭一会儿，我就哭一小会儿。我是墙上的另一块砖头。”

“我不喜欢看见人哭，尤其不愿看见女人哭。但你除外，唔，梨花一枝春带雨。”

“我一辈子都是墙上的另一块砖头。”

“进屋去吧。天上起黄风了，是沙尘暴。”

“原来是另一块砖头。”

“进屋去。”

“没事的，我哭过了就好了。”

“我说，进屋去。”

“沙尘暴虽然来了，我还要再看一看墙上的另一块砖头。”

昨夜咖啡屋

老树咖啡是一个讲究情调的地方。经常来这里的，大都是些年轻人，他们成双成对或三五成群，很少有孤独一人在此消磨时光的。在朦胧的桔色灯光下，是同学朋友的，口无遮拦，嬉笑谈天；是恋人的，目光缠绵着目光，喁喁低语，偶尔出手做一个亲昵的小动作。相比之下，坐在门里左侧一张小桌旁的一个中年男人就显得相当特殊了。他坐在那儿简直像个另类。你瞧，他两眼盯着门口，喝一口咖啡，抽一口烟，而在抽第三口烟的时候，必定弹一次烟灰。他目光急切，每进来一个人，都要渴望地打量一眼，有时却又像在回避什么，匆匆把头拧到一边去。

这个男人坐在这里，没有谁能够知道他此刻的心思，当然也没有谁一定要洞穿他的内心。不过呢，凭他的神态，你完全可以做出这样一个简单的判断：他将要约会一个人。他似乎已经没有多少耐心了，但他自己清楚，他必须这么等下去。

当音乐响起来的时候，中年男人有了一点变化。克莱德曼的钢琴曲仿佛春天田野上的微风，若有若无，细若游丝，飘散在咖啡屋的每一个角落。他不那么局促了，脸上的表情松弛下来，甚至在沉稳中还有些柔和哩。就在这个时候，他站起身，迎向一个人。

昨晚在咖啡屋的那个中年男人现在坐在他家的午餐桌旁。他面前有一只高脚酒杯，刚刚斟满一种叫口子窖的酒。他正在以一家之主的身份，从容地等待他妻子把菜端上来。他看上去多少有些派头，微微发福却不失优雅，即便在家里，他的头发也一丝不乱、光亮整齐，就连领带也只松解到一个合适的程度。由此可以看出，这是一个有一定地位、非常注意生活细节的人。菜端上来了，一碟葱丝拌猪肚，一碟香椿炒鸡蛋，还有一碟蒜苔肉片。饭厅里顿时充溢着浓郁诱人的菜香味儿。这个男人看了他妻子一眼，端起酒杯慢慢咂一口，闭一闭眼，嘴里轻轻啊一声，然后很滋润地咽下去。他又看了妻子一眼，捏起筷子夹菜。他皱起眉头。他用舌头把嘴里的菜顶出来，再弄进去，咂吧咂吧嘴唇，说："今天怎么搞的？这菜太咸了。"他妻子诧异地说："跟往常一样啊。"这男人不满地放下筷子，把几碟菜推得离自己远远的。他不再看他妻子，双臂交叉着抱在胸前，目光里有一丝不屑。

咖啡屋里人影憧憧，有些纷乱的感觉。音乐变成了萨克斯，它仍然无处不在，像清凉的雾水弥漫在每一个人周围。中年男人撕开一个小纸袋，为他对面女人的咖啡杯里加糖。他用中指轻轻弹几下纸袋，然后用勺子在里面搅动。他说："搅一搅就化匀了。"他往后一靠，仰在椅背上。他不断微笑，但似乎有些勉强。看得出，他在回味某些事情，并且努力想使自己激动起来，可是十分明显，他的努力落空了。十点多钟的时候，他开始频频抬腕看表。对面的女人先站了起来，于是他们平静地互道再见。此前，中年男人一直是平静的，起码你所看到的外表是这个样子的。然而分手之后，他突然激动得难以自抑，失魂落魄般在原地转了两圈，又把目光投向那女人的背影，久久凝望。

这个男人沉默地坐在饭桌边，一言不发。他妻子进厨房去了。这男人终于忍不住说："怎么会这样呢？味道不对头嘛。"他妻子没有马上接腔，过了一会儿说："哦，你是指昨夜咖啡的味道吗？"这个男人一怔，张了张嘴，咽下一口干唾沫。他妻子又说："哦，没什么，我不会往心上去的，我当什么事都没有发生过。"这个男人眨眨眼，翻开眼皮瞪着那几碟菜。他仰脖子一口喝干了杯中酒，重新拿起筷子。再吃，他又觉得那些菜味道都挺好的。

在山坳

沣峪口的山坳里安安静静。沣河水在长满苔藓的河床里疾速滑行，汩汩淙淙。通往山里的公路上偶尔有一辆卡车或轿车驶过。几个担柴的人正在峪口的石拱桥上行走。风从峡谷口吹过来，带着青草和野花的味道。那两个年长的垂钓者坐在水边一言不发，看上去好像睡着了一样。在峡谷深处，靠近水堤的一块大青石上，那一对年轻夫妇已经坐了好一会儿了。他们一直没有说话。

“你现在觉得怎么样？”费季这时对妻子说，看着她苍白的脸。

“没什么。但我恨那个姓曹的女人。”

“哪个？”

“干猴。是她对我说的。”

“我不在乎。”

“可我在乎。我恨她。”

“别这样，维舒。你知道这不能怪医生。”

“我恨她。她没有人情味，看着我的眼泪觉着很开心。”

“那是你的错觉。”

“三年前就是她给做的。就是她，那个干猴。”

“我说了我不在乎，维舒。你今年三十岁，三十五岁以前还行。你吃些中药试试吧。”

“你猜那个干猴对我说什么？‘哭什么，大不了你丈夫跟你离婚。’”

维舒嘤嘤地哭起来，把脸埋在手掌里。费季一只手放在她的肩上，扭头看看那两个垂钓者。他们仍然端坐在那儿，盯着水面。一群鸟从空中飞过，听得见翅膀掀动的声音。费季看见，泪水从妻子的指缝里流下来。他掏出手帕塞到她手里。

“他妈的，她跟你说这个。”费季说，点燃一支烟吸。

过了一会儿，维舒抬起头说：“我不哭了。”说着笑了笑。“我觉得我老得很了。”

费季吐出一团烟，笑着看她。

“你说你不抽烟了，又抽了。”

“我现在想抽一支。就抽这一支。他妈的，她怎么能对你说这个。”

维舒看着水堤的南面。河水在那儿弯进一处低洼的山坳，形成一个小湖泊。几只野鸭子慢悠悠地浮在水面，不时歪头啄一下羽毛。

“我不会有那种经历了，”维舒说，“可我想有，多么多么想有，想经历那种痛苦。”

“你说什么？”

“我想经历那种痛苦。我想和笨鹅一样在大街上走。我真羡慕她们的肚子鼓得那么高。”

“你看你说些什么。”

“你不希望我肚子能大起来吗，费季？”

费季顺着妻子的视线望过去。那几只野鸭子刚刚潜入水中，水面荡着波纹。他又燃起一支烟来。

“我真想往怀里塞个枕头。费季。”

“你说什么？”

“塞个枕头。我明天就往怀里塞个枕头。”

“你别说。”

“谁都要笑话我。我没有本事当妈妈。”

“不，维舒。你已经有过一个了。”

“都是我，”维舒说着，又把双手捂在脸上了。“都是我，都是我。”

“我们两个，是我们两个共同决定的。我不在乎，你知道我真的不在乎。”

“我满以为我行，嫌累赘，就不要他了。现在什么都没有了。其实我考它干什么？你说我考个破研究生干什么？我恨它，破玩艺儿研究生。”

“维舒。”

维舒又哭起来，捂在脸上的双手也变得苍白了。费季沉默地吸着烟，又看一眼垂钓者，看一眼公路上行驶过来的卡车，然后看着妻子。

“维舒，你不要哭，千万不要哭。我们还有机会。”

“破玩艺儿研究生，还有那个破干猴。”

“好，破研究生，破干猴。可是你看水鸭子又钻出水面了。大鸭子带着个小鸭子。”

维舒止住了哭，仰脸对着天空打了个喷嚏。在对面断崖上方，天蓝汪汪的，春天的太阳晃动着，她觉得睁不开眼睛。

“都是我，费季。”维舒说，眯起眼瞧着小湖泊的水面。“不然，他该有两岁三个月了。你说说，会是男孩女孩？”

费季凝望着断崖的崖顶。那儿有一块突出的石头，看上去像只绵羊在卧着。一只鸟打老远飞来，落在羊头上。

“什么？不是男孩子就是女孩。”

费季把烟头扔进水里，磁啦一声，被水漂走了。

“他妈的。”

“你怎么啦？”维舒问。

“我？好着哩。维舒，你看那块石头真像一只卧着的绵羊。你这会儿怎么祥？”

“我现在觉得好多了。人有时候就该哭哭。你说那石头像绵羊？我看像一只狗。”

“狗？狗就狗吧。我知道你会好起来的。看来我们从医院直接来这儿是来对了。你想吃点什么？”

维舒扭头看着桥上。那儿，在桥头的一个白布蓬下，一位上了岁数的女人坐在高脚凳子上，低头在烤炉里翻着烤红薯。一股特殊的香味随着河风漂过来。“你闻到了吗？”维舒说，“烤红薯。我非常想在这山里吃个热腾腾的烤红薯。”

“想吃那个？好。我去买。”

费季站起身，沿着河滩的鹅卵石朝石拱桥走去。那两个垂钓者其中一个正往鱼钩上下钓饵。费季看见，桥上有许多人正要下河滩来。

维舒在那块石头下躺下，闭上眼睛听河水潺潺流逝的声音。她的脸有些血色了，太阳透过眼帘在她的眼前弄出一片朦胧的绯红。她觉得很温暖。在那片绯红里，她沉入遐想。维舒突然把眼睁开，感到了一阵眩晕，看见了天，看见了断崖，看见了丈夫手里的红薯。“这么快？”她坐起来说，“你也吃一块。”

费季摸出一支烟点燃，看着断崖。

“不像狗，维舒。像绵羊。”

“你说是绵羊？那么你也听说了？”

“听说什么？”

“澳大利亚一只绵羊生了个小孩。”

“什么？”

“绵羊生了个小孩。老牧人夫妇收养了他。他们一直没有生，上帝赐给他们一个孩子。”

“你怎么能信这个？”

“报上登的，有照片。医生说心肝肺全是人的。模样也是人的。就是不知将来智力怎样。”

“真是世界又一大奇迹。别吃皮，维舒。”

一片带雨的云遮住太阳，贴着山梁低低地滑过来。维舒注视着那片云。

“习惯性流产，他妈的。”费季说。

“都是我，”维舒扭头看着丈夫说。“都是我，都是我。”

费季吸着烟。

“别吸烟了。”

“好，就不吸了。瞧，他们来了。”

“谁？”

“他们。提着录音机的那伙人。”

“费季，咱们养只猫吧。”

“我看养匹马才对哩。瞧，他们要在这儿跳舞呢。”

一伙青年人嘻笑着走过来。那个头发卷曲的高个子提着一台录音机，里边正唱着“我的热情，就像一团火……”他们都往这边看了看。其中有个姑娘眼中流露出羡慕，对另一个姑娘说：“瞧人家多么幸福。”姑娘们手里都拿着些干柴，一个小伙子在网兜里提着一口铝锅。

“他们还要野炊进餐呢。”

“咱们到桥上去，费季。”维舒说。

“他妈的，姓曹的怎么能对你说那种话。”

“我想到桥上去。”

“你现在怎么样？”

“我只想到桥上去。”

他们起身走下石头，发现那两个钓鱼的人不知什么时候已经不见了，而在草丛中，一只野兔带着小兔正在啃草。

情感体验

星期天，陈若逸和妻子整理书架，妻子从一本辞书中翻出来五十块钱。那五张十元钞票平展展、硬铮铮的，拿在手里哗哗直响。

“五十块钱。”妻子惊喜地说。

“哈，跟捡的一样，”陈若逸说，“咱们去吃一顿。”

“我不知道我什么时候往书里夹了五十块钱，”妻子说。她沉浸在兴奋中，用手腕擦一擦落满灰尘的头发，转脸看着陈若逸。“要吃，算我请你。这是我结婚前的钱，不能看作夫妻共有财产。”

陈若逸轻轻刮了刮她的鼻子。五十块钱使他们很激动，两人更起劲地整理书籍。

“去水上碧还是野玫瑰？”陈若逸说。

妻子说：“就去水上碧吧，我不喜欢野玫瑰这个名字。水上碧的涮羊肉很解馋。咦，这是什么？”

“是什么？”

妻子手里捏着一个牛皮纸袋子，那袋子折得四方四正。“信。”她说，不免有些丧气。

“什么信？”

“我看看。新星技校的汪雨是谁？”

陈若逸脸色陡变，几乎像抢东西一样拿过那信。

“是谁？”

陈若逸不吭声。

“藏得这么牢。是谁？”

“一个姑娘。”陈若逸说。

“噢，我说呢，”妻子说，站起来靠住床沿。“一个姑娘。是个姑娘。”

“别用这种口气。”陈若逸说。

“你难受了是不是？你心里翻江倒海打碎了五味瓶是不是？”

陈若逸没有看妻子，展开那信。陈若逸脸上奔腾过一连串动人心扉而又不堪回首的故事。

“情意绵绵是不是？刻心铭骨是不是？春蚕到死丝方尽是不是？”

“住嘴！”

陈若逸说。他闭上眼睛，流出两颗泪。

“真动人，”陈若逸妻子说，“当着你妻子和她肚子里孩子的面为你从前的恋人流泪。”

陈若逸又流出两颗泪。

“既然流泪，说明你还爱她，既然你还爱她，为什么跟我结婚？既然跟我结了婚，为什么还要为她流泪？”

陈若逸睁开眼，他仿佛刚刚经过一次远途跋涉那样心神疲惫。

他看见妻子伏在床上抽肩膀。他走过去挨她坐下，拍了拍她。妻子抬起头说：

“你平静了？”

陈若逸说：“你也平静了。”他为她擦去眼泪。

“太不公平”，她说，“翻出来我的是钱，你的是情书。”

陈若逸说：“你忘了往书里夹过钱，我忘了往书架里塞过一封信。一对一，谁也不吃亏。”

“可你流泪。”

“我忍不住。”

“当着我的面。”

“为什么要背着你？”陈若逸说。

妻子为他擦干泪痕。

“你很可爱是不是？”她说，“但我不愿去水上碧了。”

“不，一定得吃了那五十块钱。”

他们面对面站着，一个看着一个的眼睛。他们像初恋那样相互轻轻拉起了手。

你对面是谁

有一个人在街上行走，另一个人也在街上行走，两人相向而行，交错的时候，他们互望了一眼。走过去了，便是反向而行，但是，这一个回头看了看，那一个同时也回过头来看看，于是，两个人的眼睛在满街攒动的人头中间再次相碰。这一碰,彼此便隐约记住了对方。不过,在通常情况下，记住和没记住其实没什么两样，因为那仅有的一点印象很快会被新的记忆所代替。有谁会特别在意大街上一个注定要被遗忘的人呢。问题是，这回却有点不同，只隔了一天，这两个人竟面对面坐在了同一个写字间里。这就很不一般了。“哦——你？”“你！”“啊，这么巧。”“哇，是啊，你不相信缘分都不行了。”从口气判断，说话的后一个是男的，前一个是女的。他们惊讶而热情地嘻嘻哈哈笑着，像多年的老朋友一样双手握在一起。这样一来，他们在相互成为对面之后，两人之间，谁能说不会发生些什么事情呢。都到新世纪了,激情年代,一对青年男女,你想没有故事都不可能了。

但是，郭一水看不见对面。他看不见郑雅非。公司隔档式的写字间，一人一个方框，把每个人都装集装箱一样装进去了。好在郭一水知道郑雅非就在对面，他总能把自己的心情调治得很好。郭一水坚定地认为，一个上班工作的人，对面太重要了。当你偶尔抬一下头，你看见了什么？即便看不见，你是否知道对面是什么？不管你承认不承认，对面都会深深影响你的心情，从而影响你的工作效率，影响你的升迁，影响你的前途，最终影响你一生的命运。郭一水庆幸自己和郑雅非在大街上邂逅，然后，简直像胡编乱造的影视剧一样神奇地成了面对面。他觉得这种几乎是天意的安排本身，甚至比获得这份工作还让人感到高兴。

郭一水从桌子上慢慢抬起头，看着对面。他知道郑雅非在隔板的那一边，他看不见，但还是要看。他只看见了冷漠的烟灰色五合板。他对着板壁挤眉弄眼，做出各种表情，终究忍不住，将双臂伸过头顶，身体也往上耸了一大截。春天上午的太阳从窗户照进来，打落在郑雅非的脸上，使她看上去犹如田野里的油菜花一样灿烂。郭一水愉快地眨着眼睛，感到一股流过肺腑的甜蜜溪流在心中荡漾。他的心情好极了。

郭一水受聘的这家公司是一个具有相当规模的科技公司，因开发出多种软件而在业内卓尔不群，又因为有严格的规章制度作保证，公司的整体运转像齿轮咬合一样天衣无缝。也就是说,公司不同岗位上的每一个员工，都必须是齿轮，是其中的和谐音符。郭一水当然也是，几件事做下来，他已经显得很出色了。不久，部门经理找郭一水谈话，口头表扬他取得的成绩。郭一水看了一眼部门经理,他的眼睛不愿停留在那张过于严肃的脸上，目光飘来移去，像从远处照过来的镜子光影，弄得部门经理不停地捏一捏领带结，顺一顺头发，弹一弹衣袖，以为自己什么地方有什么不对头。部门经理匆匆结束谈话说:“啊,就这样吧。啊,好好努力,今天就到这里吧。”

现在可以这样认为，郭一水是个在任何场合都极其重视个人心情的人，老用一双近乎挑剔的眼睛打量对面。他对对面充满期待。有一回乘电梯，在一楼时只他一个人，到三楼电梯停了一下，郭一水两眼盯着电梯口，希望看见一个令人愉快的人，结果进来了一个大腹便便、面目可憎的黑胖子。方寸之间，两个人离得那么近，你不可能不看对方。郭一水皱起眉头，把眼睛挤成一条细缝，目光若有若无，像眺望远方的东西一样望过去。这眼神显然惹恼了黑胖子，他腆腆肚子，很粗鲁地呼出一口气，怒目而视。这一刻，郭一水的心情像日全食一样，突然黑了。他扭过脸，面朝电梯壁，偏偏那电梯里镶了玻璃镜子，到处都有黑胖子的脸。郭一水沮丧透顶，待电梯一到五楼，他就逃离了，从楼梯一级级爬到了十三楼。

还有一回是在火车上。郭一水出差，走进车厢后第一件事就是打量卧铺对面。他倒不是幻想出现一次奇遇，只希望旅途能够愉快。对面果然是一位令人神清气爽的漂亮姑娘，已经坐在那儿了。郭一水兴奋地打一个响指，然后自哼自唱起来。他朝对面看了一眼又一眼，直把那姑娘看得面露嫌恶之色，干脆用一本杂志把自己遮挡住。本来，在火车上面对面而坐，如果你不看对面，眼睛又能往哪儿搁呢。但郭一水毕竟看得太勤了，时间也久了点，怪不得人家姑娘要生厌了。郭一水也自知不得体，连说两声“对不起”，躺到铺上翻起了报纸。不管怎么样吧，整个路途郭一水的心情是好的，而且，后来一连几天办事，心情始终都是好的。

平常，有郑雅非坐在对面，无疑给郭一水带来了好心情。但郑雅非是市场协理兼调查员，免不了经常被派往外地去做用户访问。对面一空，郭一水心里就很空，有点神不守舍。这种感觉，郭一水不认为是他恋上了郑雅非的强烈反应，离那一步还差着一大截子距离呢。他受不了空的感觉。虽然手头工作十分繁忙，他心中仍然是空。

也许是心有灵犀，郑雅非每次出差前，总有意在桌上的瓶子里插一束茉莉、风信子之类的花，淡淡的幽香越过隔板顶端，飘进这边的方框里，多少能抚慰抚慰郭一水焦躁的心。郑雅非回来了，郭一水的生活又美好起来。

然而，隔板一直是个问题。隔板把他们挡在了两边。郭一水快要恨死那木头片子了。他朝它瞪眼睛，吐唾沫，有一次还把饭渣子抹到上面去。中午十二点到一点，是公司的午餐时间，不少人匆匆扒完盒饭，抓紧时间爬在桌头要迷瞪一会儿。最初，郭一水站立着，下颌压在隔板顶上，看着郑雅非，小声和她说话。但这种喁喁之语有时比高声喧哗更扰人，就有几个人同时站出来抗议。郭一水想想也是，影响别人养精蓄锐，连自己也不能宽容自己了。

后来，他们就开始了在电脑上对话。

郭一水在键盘上敲出："我想看见你。"

对面回复："我就在对面。"

郭一水敲出："但我看不见。"

对面回复："咫尺天涯啊。"

郭一水敲出："心近地却偏。"

对面回复："因为车马喧。"

郭一水敲出："我想看见你。"

对面回复："相见不如想念。"

郭一水说："不！"他喊出了声。他把所有正在迷瞪的人吓了一跳。他用手指竖在嘴唇边对自己"嘘"了一声，然后又敲出："想念不如相见！你说，我该怎么办？"

这纯粹是一个游戏。他们在游戏中度过了短暂的午休时光。

大致说来，郭一水工作着是美丽的。然而，他最愿意的还是一抬头就能看见对面。郑雅非那油菜花一样灿烂生动的脸庞，会使他的心变得雄劲饱满；郑雅非那芬芳飘逸的黑发，能给他的思想安上翅膀。当然，他更渴望碰上郑雅非柔和的目光，她的眼神会让他体味到一种交流的喜悦和甜美。

春末的时候，公司业务进一步拓展，工作越发忙碌紧迫。星期一早上刚上班，部门经理交给郭一水一个限时任务，从经理比平时更庄严的脸上可以掂量出任务有多么重要。郭一水很痛快地说："没问题。到时一定交活。"

那阵子，对面郑雅非刚刚出差回来，正在赶写分析报告，两个人忙得连中午电脑上的游戏也不能继续进行了。

两天之后，郭一水完事交差。他有些得意地看着部门经理。部门经理一贯严肃的脸拉得更长，脸上的肌肉突然痉挛似的哆嗦起来。他把那一厚沓纸摔向郭一水，悻悻而去。郭一水莫名其妙，小心说："有什么不对吗？"部门经理回头恶狠狠说："你自己看！眼睛瞎了？"

郭一水端详他的劳动成果。他看见原来一直空着的标题，怎么会神使鬼差般写上了这样一行醒目的字：关于目光穿透障碍物之可能性分析。

郭一水瞠目结舌。他在想，不知他的下一个对面是谁。

生活事故

"你把楼下的车子扛上来。"

"我不扛。"

"你扛上来。"

"那是你的车子，你骑，你自己扛。"

"你……好。我扛。"

他们像一对野山羊，大眼瞪小眼，互相瞅了一阵子，之后，妻子自己下楼去扛车子了。一会儿，她扛着车子一个台阶一个台阶地爬上了四楼，气喘吁吁，脸色惨白。车子从肩上滑下来，"哐"一声顿在水泥地上。她靠住门框歇气，头无力地垂着。

"你还是个男人呢，"她说，"我要是这么个男人早就碰死了。"

"哼！"丈夫鼻子里响了一下。他正在专心摆弄一只美丽的鸟。

"我宁愿给别人去扛，"他头也不抬地说，"给你扛，我不愿意。喂！百灵子，你叫几声噢。"

当晚他们就吵了一架。妻子往杯子倒水时胳膊肘撞了一下鸟笼子，丈夫很恼怒，摔碎了热水瓶，妻子随即也摔碎了手中的喝水杯。深夜，各人睡各人的，不同床。

本来他们两个相亲相爱，过得好好的。可是，生活中谁知道会出什么事情呢。最初他们是因为一件小事闹的别扭。那天，丈夫仍要吃扯面，他说吃扯面耐饥,在工地连续干几个小时也不感到饿。妻子想换口味吃米饭，五六天没吃米饭了，恰好今天她从商店下班后路上碰见卖鲜肉，就买了一斤后臀肉和一斤半排骨，青笋炒肉丝、烧排骨和米饭配吃正好。他们因此都红了脸，就这样吵开了头。那时，他们谁也没有意识到，一旦吵开了头，结果会有多么糟糕。

此后，他们便经常吵。但每吵一场，丈夫和妻子同时想道：当初要是不吵那一架该有多好。两个人都不想吵，却又忍不住要吵。吵架使他们吵上了瘾。好比吃饭少不了盐和醋一样，两天不吵一场他们反而觉得生活缺乏趣味。他们就在争吵中过下去。

“你把我的衣服洗一下。”

“我不洗。”

“你不洗谁洗？”

“你的衣服，你穿，你自己洗。”

他们眼睛对眼睛，一个不让一个，目光在进行较量。丈夫拿脚踹一下里面泡着衣服的脸盆，委屈而又愤恨地说：

“你说我要你这老婆干啥？你说！我要是这样给人当老婆，当下就吊死了，连哼都不哼一下。”

“好得很，”妻子嘲弄说，“你那么有血性就自己洗自己的。我，我明天去给野汉子洗裤衩。”她以牙还牙，随后拧开录音机。在流行歌曲明快的节奏里，她洋洋自乐地摇晃着身子。

“你……好。妈的，走着瞧。”

这次，他们没有等到天黑就迫不急待地干开了。吵声惊动了四邻，楼道里围着许多人，看热闹，或劝架。另一只水壶也摔碎了，录音机撞翻后坏了一只键。桌、柜上摆设的工艺品荡然无存，易碎的变成了粉齑，不容易破碎的七零八落，滚了满地。一颗熟透的紫色塑料葡萄竟然蹦到了镶着他们结婚照的镜框后面。鸟被踩死了。

入夜，从建筑工地传来吊车在临时铁轨上运行的声音。他们没开电视。黑洞洞的房子里，两人余怒未消，一个躺在床上，一个窝在沙发上。他们都感到委屈，同时也感到痛苦，觉得这样的家庭、这样的日子过不下去。可是他们又清楚，他们还得过下去。妻子想：歌里唱“生活比呀比蜜甜”是骗人的，这样过有什么意思？干脆你是你，我是我。丈夫想：我拼上性命爬脚手架挣那么多钱干啥？置办那么多家具干啥？我日他奶往后喝酒去，打野食、摘野花去呀。

他们在痛苦中捱过一夜。

第二天，丈夫一早就出门了。他没去上班，所以也不用戴安全帽。他不要奖金，不要那么多钱了。他按照昨晚想好的路数，走进一个看上去相当洋气的酒店，点了牛肉和鸡块，一个人坐在那儿，自斟自饮，红吃大喝起来。

妻子中午回到家里，一个人做一个人吃，做得很愉快，吃得很舒服。她是哼着曲子躺到床上进入梦乡的。

两点，她被一种声音惊醒。那声音很怪，使人直打哆嗦。她看看表，两点了。她朝窗户望了一眼。窗外，建筑工地的上空弥漫着一团尘雾。她站到窗前来。她就只站在窗前。她觉得她凝在了那儿，她觉得她没有什么感觉。报时钟敲响三下，她想：三点了。但她不去上班。她仍然站在窗前，凝视那团尘雾。她一直站到四点二十分。

四点二十分，丈夫回来了。他回来了。他竟然回来了。他泪流满面，像个疯子，醉醺醺地撞开房门。

"啊嘿嘿，啊嘿嘿嘿，我们班组的人，全死了，出事故了，楼塌了。啊嘿嘿，只剩我一个，我没去上班，啊嘿嘿嘿嘿嘿……"

妻子目不转睛地看着丈夫。从头到脚，看了一遍又一遍，一遍又一遍。突然，她像起飞的鹰那样扑向前去，把丈夫抱住。他们双双哭着，抱作一团。

他们一直抱到太阳落下去还没有分开。

月光下

夏日晚上的前半夜，最好在户外打发掉。门前树下，楼旁空地，街心花园，都是纳凉的好地方。不消几分钟，便觉有野风徐来，吹去黏汗，只留下一身清爽。

“这儿虽好，可还是到郊外去吧。”丈夫看一下表，说。

“郊处挺远的，明天去吧。”妻子说。

“今晚你不想在月光下走走吗？”

妻子同意了。

他们离开十字街中心的小花园，走向郊外。天上没有云，月亮刚刚升起来。月亮一升起来，整个城市就像泡在水里一样，显得飘忽不定，很神秘。

“我还是不去吧，”妻子忽然说。

“怎么啦？”

“我忘了你喜欢一个人单独想事情。”

“有时候不是这样。”

“可你今天一定有什么问题需要思考。我会破坏你的思路。”

“我今天就是要和你一块儿去散步。”

“你知道我不愿做你不高兴的事情。”

“不，我很高兴你去。你一定得去。”

他们穿街走巷，来到南郊一片开阔地旁。这是一片刚收获过庄稼的麦茬地，有一股刺鼻的被吸收的粪便味儿。夜雾漫上来，月色显得很朦胧。远处的树影影绰绰，扑朔迷离，如同一座兀立在那儿的海市蜃楼。妻子愉快地凝视着眼前这片空旷的田野。月色下，它显得黑咕隆咚的，似乎要沉下去。

“这片地看着怪吓人的，”她说，深深吸一口凉丝丝的空气。

丈夫没吭声，站在那儿沉思。他一直在沉思。“没有什么东西比它更朴素的了，让人联想到躺着的维纳斯。”他说。

他怎么啦？是来这儿寻找诗句的吗？妻子想。一丝软绵绵的忧戚爬上心头。“麦子被割倒运走了，”她阴郁地说，轻轻叹口气，摸了摸自己隆起的肚皮。她快要做母亲了。她想：这片地在长着庄稼的时候，也曾经是五彩缤纷的啊。风一吹，它们就激动地飒飒作响。可现在，空空旷旷，又秃又光，就像一个反应迟钝的丑老太婆。肚子里的孩子动了一下。她既幸福又担心地想，我就要是个妈妈了，可我不是维纳斯。我会变得像这片地一样不讨人喜欢。夜风从野地里吹来，新鲜而凉爽。她莫名其妙地用手在脸前拂了拂，大概想驱赶开什么。

丈夫没看见。他点燃一支烟，依然沉思地望着脚下。他想起小时候。有一天，奶奶领他去捡麦穗，站在村北那片坡地上，手往前一指，说：这些个远处近处的村庄呀，依我看来，就像一个很高很大的人走过时留下的脚印。“这真是一个了不起的比喻，”他说。这时候，一年前他和新婚的妻子登上骊山顶上的烽火台时所感受到的一切，现在重又感受到了。

妻子一阵迷惘。他真的在作诗呢，她想。

月光下，他的头颅显得硕大而威武，不加修饰的自然卷发蓬蓬松松，像一头美洲狮子。对了，他是一头狮子。一头强壮的矫健的狮子。他什么时候都火一样的灼人，看一看就令人激动。她想起第一次看见他的时候，还不曾说什么，就听见上帝的声音对她说你今生就只爱这一个男人。那时，她胸中怎样地鼓荡着青春的激动啊。他太有吸引力了，任何一个女人都会情不自禁地迷上他。况且，他还是个诗人。突然，她担心有一天会失去他。

“我怕。”

“怕？有我在身边呢。”

“可是……”

她说不出口。听人说，女人一旦生了孩子，就和青春告别了，丈夫的爱从此开始转移，对妻子不再像以前那样感兴趣。她伤心地望着自己的丈夫。

他还在凝望着那片黑咕隆咚的土地。顺着同一视线看过去，妻子惊异地发现，在地中间的一条田埂上，有一个人踽踽独行，孤零零的，飘荡着像一个鬼魂。她靠近丈夫。

“地里有一个人。”

“唔。我看着呢。”

“一个人在这野地里干什么呢？”

“唔，也许失恋了。”

“失恋了？”

“比如说，她正在爱一个人，那个人却不爱她，但她不死心。”

“这很苦，”妻子说，她觉得，在那人的眼里，这片土地大概正在痛苦地起伏着。会不会有那么一天，自己也身不由己地来这儿梦游？

那个飘荡的人影朝这边慢慢地走过来了。

“是个女的！”妻子惊叫一声。

当她看见那人迈动双腿掀起裙子的时候，不由得联想到《聊斋》里的狐妖。她紧紧地靠住丈夫，抓住他的手。

丈夫两眼盯视着那个白影，但他似乎什么也没看见。白影在一丈开外的地方站住，犹豫了一下，然后照直匆匆地走过来。妻子更紧地抓住丈夫的手。她心跳得厉害，不知道要发生什么事情。丈夫动也不动，脸上严肃而又古怪，像冷铁，但又像很激动的样子。

白影是个身材窈窕、美丽动人的女孩子，穿一件圆领的白色乔其纱连衣裙，腰间束着一条带子，显示出上半身所有曲线的魅力，看上去像个睡美人。她和他们几乎是擦身而过的。她的眼睛里充满痛苦和绝望、怨恨和悲哀。走过的一刹那，她突然掩面嘤嘤地哭着跑开了。丈夫的身子颤栗了一下。

“她怎么啦？”

“你不明白？”丈夫说，一只手轻轻地按在妻子凸起的肚子上。

“是这样……”

“你什么也别说，”妻子一切都明白了。“你什么也不要说。”她一头扎进丈夫的怀里。

月亮升得更高了。整个城市沐浴在一片温柔的宁静之中。

一小时午餐

临街的面馆里坐着三个男人。一个四十开外，穿著讲究，方面孔，有点谢顶；一个三十五六岁，穿米色休闲装，戴副墨镜，长脖子，喉骨节很突出；第三个是个文质彬彬的小伙子，面目清秀白净，手里捏着一只文件夹。他们互不相识，分别坐在三张桌子上。每个人在打量了另外两个之后，都把眼睛朝向面馆门口。

方面孔的在抽烟，他神情沮丧，在烟雾后面深深皱着眉头。长脖子面无表情，目光游移，双手握拳支着下巴，一枚硕大的钻戒金灿灿的十分夺目。小伙子若有所思，把文件夹合上又打开，打开又合上。

三个人都叫了刀削炸酱面。方面孔的说："随便，就刀削面吧，要小碗。"长脖子在自言自语说了一句"吃海鲜没胃口，吃别的任何一样都没劲"之后，提高音量说："有啥吃啥，一中碗削面。"小伙子稍加犹豫后说："跟昨天一样，一大碗削面，炸酱的。不，西红柿的。还是炸酱的吧。"

他们在等着把面端上来。他们看见街道上行人匆匆，车马如流。街面上飘过忽高忽低的流行歌曲和乡下妇女叫卖草莓的声音。小伙子在门口有一个人影闪过时，往上拱了拱身子，又坐下了，坐下后低头在腰间看了看传呼机。方面孔摸出第二只烟，点着后抽了一口，却掐灭了。长脖子的手机响了两声，取出来时又不响了，他仰头看看房顶，又看看四周，说："操。"面馆老板娘对三个人哈一哈腰，陪笑说："马上就好，马上就好。"她面朝后头的操作间喊了一声："动作麻利点！"

就在这个时候，红衣裙的女人出现了。

这是一个优雅的成熟女人，一望而知，她的实际年龄比她的装扮和模样要稍大一点。她微蹙双眉，轻咳一声，手伸到脸前挥了两挥。长脖子的喉骨鼓了一下，把眼睛移开了。小伙子不再开合文件夹，双肘置于桌上，以伏案的姿势更加专注地直着目光。方面孔的眼袋跳了两跳，他有些慌乱，仰一仰身，又划拉一下头发。小伙子突然大声叫着加了一道凉菜和一瓶啤酒。长脖子喉咙里发出一声含混的呜哼。

红衣裙女人瞟一瞟那边的两个人，选定在方面孔对面落座。刚坐下，她轻轻“呀”了一声，便认出了方面孔。他们曾是为期三个月的同一办公室的同事。

“呀，老刘，原来是你。”她的声音有些夸张。“我就说谁那么一脸严肃呢，竟是你刘主任。”

方面孔刘主任一惊，随即也认出了红衣裙女人，他的情绪陡然高涨起来。

“啊，赵，赵怡丽，小赵！”他热情而愉快地望着赵怡丽，问她可喜欢要点什么。

“我路过这儿，心想，今天干脆换个口味，吃顿面，就进来了。”

“缘分，缘分。”刘主任说，一面吩咐老板娘再加一碗西红柿鸡蛋面和几碟凉菜。“我和你一样，也想换个口味，老吃家里的饭，总是一个味，让人烦，提不起兴趣。”

赵怡丽伸出舌尖抿一抿嘴唇上的口红，目光流转了一圈，对刘主任说：“刘主任还在那个办公室吗？早就扶正了吧？”

“闲差，闲差。”刘主任说，“小赵，你当初走是对的，我虽然认为你对办公室工作很重要，但我一直支持你离开。看看，现在这不明摆着发达了？”赵怡丽离得那么近，脸蛋光洁，身上有香气，刘主任禁不住扫一眼另外两个男人，摊开双手，富有优越感地颤声笑起来。

“一般般吧。”赵怡丽说，“那时办公室里就数你的桌子最干净整洁了。”

他们很亲切地说起许多事，还夹杂一些过去某个人的笑话。刘主任目光逐渐有点迷离。在初夏，在一家简陋的面馆里，他和以前的部下，一位浑身洋溢着生命朝气的女人不期而遇；他不由把眼前这个丰满可爱、散发着诱惑的性感女人和自己的老婆暗暗比较。

“抱歉，我要抽支烟。”他说。

“哦，没关系，”赵怡丽说，“我也有这个习惯，一个可爱的恶习。”她从精致的手袋里取出一盒绿摩尔。她觉得有人在用什么东西勾她，她想一定是那个年轻小伙子的目光不老实。打她进来以后，小伙子的目光就像胶汁一样，绕上绕下，始终黏在她身上。现在，她指间夹着摩尔，扭脸迎了一回。小伙子的目光执著而痴迷，然而却是羞怯的。不是他，他不具备勾人的力量，只是在欣赏她。她对他这种甜味的目光没有太深刻的感觉。她报他一个浅浅的笑。长脖子也没有勾她，他冷眼旁观，似乎连他们的谈话听也没听。

但是，谁也没有料到，长脖子突然拧过脸，逼视着赵怡丽，极其平静地说了一句令所有在场的人大为吃惊的话。

“你忘了，你到过我家里。”

赵怡丽愣住了。她没见过这么唐突的人，这么不自重的人。刘主任和年轻小伙子也同时愣住了。

“我？”赵怡丽感到一种受侮的愤慨,她弯起中指指着自己的鼻尖说,“你说我？”她脸庞已微微涨红了。“先生，你认错人了吧？应该懂点礼貌！”

年轻小伙子现在把目光移到了长脖子那边。这突如其来的事情惹恼了他，他对长脖子怒目而视。刘主任脸上没有明显变化，他不看长脖子，他凭他的经验盯着赵怡丽。

“如果我没有记错的话，那是个圣诞节的夜晚。”

“你！”赵怡丽说，她的嘴唇都有些哆嗦了。他没遇到过这么不要脸的男人。

面馆里很静，他们能彼此听见呼吸声。外面的街道上依然行人如梭，车声如潮。

长脖子声音浑厚地笑起来。

“赵小姐，你连你的同班同学孟蕾都不记得了吗？我是孟蕾的大哥孟刚。想想看。”

又一阵沉寂。赵怡丽低眉想了一会儿。“噢——”她想起来了。她歉意地笑着，点一下自己的额头。“完全想起来了，那天晚上你还带我们去打保龄球，那是我第一次进保龄球馆，一个满贯都没有。”

“恍若隔世，”长脖子说，“刚才多有冒犯。都因为你越长越美丽了，我都不敢看你。本来，我一直等着你认出我，看来我是自我感觉良好得过了头了。”

“什么呀，”赵怡丽说，她莫名地有些兴奋。“我印象中你没有现在这么酷。”她这会儿知道是什么东西在勾她了。她的话多了起来，她要把气氛搞得再活跃些。“来来，咱们坐到一起。这位是刘主任，这位是孟大哥孟经理,大家认识了以后就是朋友,”她想起了她的同学,问:“孟蕾好吗？”

长脖子的孟经理说:“孟蕾在我的公司里做,负责刚开的一个分公司,”

他把手伸给刘主任。“幸会，幸会。”

赵怡丽感慨地叹了口气，说：“好几年不见孟蕾了，都不知忙些什么。”

孟经理深有同感地说：“同在一个城市里，好同学几年都难得一见，人都活成什么样子了，天天都焦虑不安！”

刘主任点头说：“是啊，彼此彼此。”

年轻小伙子不知什么时候又要了第二瓶啤酒，在那儿孤零零地自斟自饮，已微微有些醉意。

“其实，赵姐我也认识的。”

虽然声音很小，但赵怡丽听见了，她转过脸说：“真的吗？”

“我是保险公司的业务员小王。”小伙子语速很快地说，“我在东大街证券交易厅向你推荐过养老保险新险种。我说服了你。你没记住我，但我记住了你。”

赵怡丽有些感动，她很柔情地对他笑笑。

“哦，谢谢。”

这时，孟经理开口说：“王保险你也过来，来吧，小哥们，坐一起吃。”

刘主任皱皱眉，有点不悦，但他招招手说：“来吧，来吧。”可以看出，他的脸上又布满了晦气。

就这样，三个互不相识的男人和一个他们都认识的女人坐到了一起，甚至还交换了名片。重新要了几个菜和啤酒。面也端上来了。他们像朋友聚会似地吃着这顿午餐。

孟经理接了一次手机，说是他妹孟蕾打来的。他问赵怡丽是否有空去看看老同学。

赵怡丽想了想说：“可以呀。什么时候？”

“现在。”

他们马上起身告辞。

赵怡丽一走，年轻小伙子王保险“哦”了一声，摇摇头，那份尚未完成的报告又跳回到他的脑子里。他惊醒似的接连“哦哦”两声，匆匆夹起文件夹消失在面馆外头。

刘主任用纸巾慢慢擦着嘴，瞄了一眼手腕上的表，这顿午餐整整吃了一个小时。老板娘把买单给他递了过来。他用手挡回去没有看，掏出五十块钱拍在桌子上，说：“两块钱零头不用找了。”他走出面馆，外边的太阳很刺眼，他听见那几个乡下妇女仍在高声叫卖新鲜草莓。

游戏一种

赵处长以前不是处长，在数学系当讲师。赵讲师那时一心要当副教授，努力了几年，最后失望了。赵讲师于是改换路线，到行政科当了科长；两年后，升任副处长；再没过几年，就是处长了。赵处长当了处长以后，半个编制仍在教师队伍里，业务水平突飞猛进，几乎不费什么劲，顺理成章就是副教授了。目前，他正朝着教授奔跑哩。

这一天是个什么节日，赵处长抑或赵副教授在操场上组织教工进行一项文娱活动。这项活动很有意思，具体内容是：每组十五人，蹲步往前挪五十米，名次取前三名。蹲步挪必须曲腿，上身保持平直，像青蛙一样往前跳，或像企鹅一样挪碎步。这是游戏规则。

赵处长一声哨响，比赛开始。

一开始，有人就已经猫起腰来了；继而，有人直立迈大步；到后来，有人干脆跑步前进了。最后结果不言而喻：凡按规矩去做的，都是本次游戏的失败者。比赛过程中，曾有人喊：前边违规啦！但更多的人则打哈哈说：游戏嘛，这算个什么事，何必认真呢！参加比赛的人当中，有教务员、实验员、科员、科长、处长、助教、在职硕士、讲师、在职博士、副教授、高级工程师、教授、硕士生导师、博士生导师，还有什么主任委员之类。

赵处长既是组织者，又是比赛的观看者。他很欣赏这样的情景，感到非常愉快。最后，他笑嘻嘻地宣布了比赛结果。

赵处长之所以感到愉快，除了比赛本身好玩以外，还因为他对自己晋升教授更加充满信心。

第五辑　东西南北

世界很大，人很渺小；人很伟大，苍蝇渺小。伟大的人对付一只微不足道的苍蝇，情形将会如何？一次位移，一个动作，一次发力，似乎完全可以终结。其实不然。何非打苍蝇所感受与面对的，是整个社会人生的价值模式与坐标系，他的心情意绪的变化过程，也就成为可以想象与联想的意义空间，有了必要的人文参考价值。当苍蝇被消灭的一刹那，他手里的那把扇子扫去了此前的社会规范，也失去了自己的生活原则。再次面对生活时，他发现自己很迷惘，东西南北，不知道北了。一只灰突突脏兮兮的苍蝇，让人感到了自身生存的脆弱。

生活不开玩笑。自己的影子可能鬼鬼祟祟。阳台故事真实而又虚幻。星期天更加茫然不知所措。

一声叹息。叹息声中浮现出一张带着理解的苦涩微笑的脸，眼望着开阔的远方。

一个玩笑

夏天的一个午后，张一找到王二说："生活真无聊。"那时，王二刚从厨房出来，在短裤上蹭着湿漉漉的双手，打了个呵欠说："无聊。每顿饭后都得我刷锅洗碗。"他摊开手给张一看。张一说："都一样。只不过是我每顿做饭。"他也把他指缝里没剔净的面糊伸给王二看。

王二说："从今天开始我不下棋了，要睡午觉。"

张一说："我不是来下棋的。"

王二说："那什么事？"

"咱们制造点事，开一个玩笑。"

"咱俩？"

"其实是开众人的玩笑。"

"我不懂。"王二说。

"咱们吵一架。"张一说。

"吵架？"王二说，"没意思。又不是五十岁的老婆娘，吵什么吵？"

"有意思，绝对有意思。"张一很有把握地说，"咱们引个头，让起码半栋楼的人都吵起来。"

王二不感兴趣，伸了伸腰杆说："可我实在想睡一觉。"

"对，"张一看着王二说，"这就是咱们这个玩笑的先决条件。如果是傍晚那就没什么意思了。人们可以丢开电视机，会像看猴子一样看咱们吵。但现在是夏天的午后，谁都昏昏欲睡的，情况就完全不一样了。"

王二说："打扰别人午休，未免太损了。"

"你可以这么认为。"张一说，"我注意过生活中的许多事情，随着事件的演进，最后都南辕北辙地偏离了主题。人们很认真地做着，却并不明白自己在做什么。而且，结果常常出乎人们的意料。咱们马上可以得到验证。”

王二终于被张一的高论说动，答应了张一。张一临出门时叮咛说：“老弟，你可要跟真的一样啊。”王二点头。张一趿着拖鞋，叭沓叭沓上了他家的三楼。

不一会儿，张一站到自家的阳台上，手提水桶往下滴水。他看准王二新买的自行车，朝下边浇。唰唰——唰唰——

王二已经出屋站在楼下的空地上。王二说：

“喂，三楼的，你没看见水滴在自行车上了吗？”

张一起初想笑，但硬憋住了。他用极严肃的语调回敬说：

“喂，那你没看见阳台上一直在浇水吗？”

王二说：“我自行车先放在底下的。”

张一说：“我不管你先放不先放，我从自己阳台上浇水。”

王二脑袋里“噌”地嘣了一下，他觉得他真的冒火了。他心疼他的新车子。他忍不住。他放粗嗓门说：

“你浇水得长上眼窝！”

张一轻轻“噫”了一声，也提高调子说：

“你瞎了眼窝才看不见上边淌水不淌水！”

“你嘴放干净些！”

“你从来就没唰过嘴！”

张一的老婆和王二的老婆并不知情，两家关系本来处得不错，可她们看见各自的男人吵得那么上劲，也就不假思索地参加上了。于是，一个向上指，一个往下戳，挥胳膊吐唾沫，把过去两家交往中的许多鸡毛蒜皮的事情也抖落出来了。

盛夏午后的空气很燥热，天空中连一只鸟也没有。楼里的居民们都处在一种昏睡状态之中。夹在中间二楼的李三那时正要入睡，突然被这吵声打搅，睡意全消，心中便十分恼火，爬起来，冲外头喊道：

“吵什么吵什么？有精神到马路上吵去！到野地里吵去！”

住在同一楼的赵四，本已讨厌张一王二吵架，但并不打算发话制止，他想他们吵一吵，吵得没意思了自然就不吵了，可这李三偏偏多事，插进来胡嚷乱喊什么？赵四不禁来了气，下床趿上鞋，站在阳台上说：

“都别吵了！讲一点公德好不好？大家都在睡午觉！”

孙五住得离张一王二远一些，他本来能闹中取静，吵声并不影响他睡觉。可赵四跟他毗邻，声音又猛，着实吓了他一跳，使他不能不上气。孙五就开了阳台纱门，粗喉咙大嗓门说：

“你们都闭了嘴！有什么可吵来吵去的！”

赵四听出这话明显是冲着他的，扭脸说：

“怪了！你跟我吵什么你？”

对面楼上的钱六被众多吵声弄得心烦意乱，从床上探头窗外说：

“你门怎么搞的没有一点修养？你们不睡别人还想睡！”

杨七和钱六隔壁，杨七这阵子正跟老婆怄气，由不得不迁怒，敲打着窗户说：

“还有完没完？没完没了是不是要吵死才罢休！”

黄八早就不耐烦了，用手撮成喇叭形，贴在嘴边说：

“好了好了！从现在起别吵了！”

马九立即接荐说：“那你还在嚷什么？”

……

张一王二和他们的老婆早已进屋上床，他们听着别人津津有味、认认真真地争吵的时候，他们自己也并不心平气和，他们甚至为吵架感到肚子里很胀气。而且,他们忽略了一种声音。其实那声音很凄惨尖厉的。但是，他们却忽略了。王二躺在床上，正愤然地思索着张一说过的话，突然听见敲门声。门外站着刘十。刘十双拳紧握，怒目圆睁。刘十说：

“都是他妈的你！吵是从你这里开的头，害得我老婆奔阳台去看，摔了一跤，小产了。你！”

“开什么玩笑？”王二说。

“谁跟你开玩笑？”刘十说，抡圆了粗长的胳膊朝王二的鼻梁砸去。刘十是个体育爱好者，下拳极狠，当下打歪了王二的鼻梁骨。

王二敲张一的门。王二一手捂着歪鼻，对张一说：

“你！”

张一说：“你开什么玩笑？”

“谁跟你开玩笑？”王二说，另一只手击出一拳，打在张一的左眼上。

他们确实都没有开玩笑。

如何打死一只苍蝇

人在生活当中有许多事情是弄不明白的，比如，何非就不明白他的屋子里怎么会飞进一只苍蝇。现在，那只硕大健壮的苍蝇正趴在桌子角上，伸出前腿一下一下地洗脸哩。何非眼睛盯着苍蝇，侧身从沙发底下抽出苍蝇拍，蹑手蹑脚往桌子跟前移。他怕惊动了它。他轻轻举起苍蝇拍。他相信一拍下去即可消灭这只苍蝇。可是，苍蝇的一对复眼极其锐利，它警觉地撑起前腿，迅速起飞，像飞机一样在屋子里盘旋，一忽儿东，一忽儿西，何非只能看见一个黑点窜来窜去。

何非不停地扭动脖子追寻着苍蝇，等待它落在一个什么地方。苍蝇落在了挂历上，停在一位漂亮女演员的白脖子那儿。何非瞅着它，拿不定主意该不该下手。这是一个拍死苍蝇的理想位置，但是，如果在女演员雪白的脖子上渍下一片脏污，那张挂历就毁了。何非有些不忍。好在苍蝇又飞走了，先在门框上稍作停留，然后直奔日光灯灯管而去。苍蝇背朝下倒爬在灯管上，一耸一耸地舒展翅膀，眼睛还一眨一眨的。何非眼巴巴地看着苍蝇，希望它另换一个地方。但是，苍蝇久久不动。何非久久凝视着它。苍蝇终于挪了窝，飞到窗户玻璃上。何非心中一喜，捏起苍蝇拍小心翼翼地挥起胳膊。何非这时有些激动。他觉得他此刻的心情就像彩票开奖前那样紧张而又有所期待。何非屏住气息，心想这回一定要干掉它。他闭了一下眼睛。等他再睁开眼时，却听见苍蝇已在头顶上嗡儿嗡儿飞哩。它一会儿出现，一会儿又杳无踪影，不知道藏在哪个角落里。

现在，何非已不能心平气和地与这只苍蝇周旋了。他感到沮丧而愤怒，情绪无法控制。他蹦了一下从立柜顶上取下一把扇子，他不再给苍蝇喘息的机会，不让它落在任何一个地方，一直到它累得自己掉下来。于是，何

非手挥扇子，东奔西突，像在庄稼地里驱赶一群麻雀一样又呼又叫。那时侯，大概连何非自己也不知道他在干什么了。

这一手的确奏效，不多久，苍蝇就掉到了地板上，再没有力气飞起来。何非一边喘气，一边蹲在那儿看苍蝇打滚、翻跟头。他没有立即踩死它，用指头轻轻一弹，把它弄个半死。

何非打开屋门，拿脚把苍蝇拨拉出去，照准它，抬脚狠狠地踩将下去。

然而在何非转身进屋之际，头顶上嗡地一声，又有一只苍蝇不失时机地钻进了屋子里。

何非一惊，眼睛又开始寻找苍蝇。不过，他这时心里想的却是另外的问题。因为在他打苍蝇期间，曾有三个电话打过来，一个是他老婆从娘家打的，一个是他的上司打的，还有一个是他的同学打的。当时，在那种情况下，他很不耐烦，把这三个电话统统都怠慢了。他不知道明天该如何分头解释这件事情，弄得不好，无疑会影响他今后的生活。

自己的影子

从夜总会出来，肖甲心里有些疑神疑鬼。他不明白为什么会有这种糟糕的感觉。今晚的事，说到底不算个什么事，无非是几个朋友相聚，有人掏钱，在包厢里喝了点酒，唱了几首歌，旁边有小姐作陪而已。大家都比较文明，虽然眼睛不怎么安分，像织布梭一样穿来滑去，但手脚始终还是规矩的，这一点，肖甲尤其能够把握住自己。整个过程就是这样，没有什么出格的地方，当然也就没有什么把柄可以让人捏住。

但是，肖甲仍然感到不踏实。他站在夜风里怔了片刻。夜总会招牌上的霓虹灯闪烁不定，打到周围的建筑物上，看上去鬼鬼祟祟的。他忽然意识到似乎有人在玩弄阴谋，额头不禁沁出一层细汗来。为什么偏偏在这个时候相聚？为什么多年不见的朋友突然就神秘出现了？为什么下午打过电话已经约定了相见的地点却又迫不及待地把车直接开到楼下提前将他拽走？这难道都是偶然的吗？许多问题不想则罢，想一想，就会发现破绽的。有多少很有希望的事情，就是因为你没有去想，根本不知道它毁在什么地方了。

肖甲回到家中，先在厅里抽了一支烟。上床后，心里依然放不下，在床上又辗转了一阵子。他这么一番折腾，惹得他妻子老大不高兴。她忍不住坐起来说："你搞什么名堂嘛你。"然后用被子把自己的头蒙住了。肖甲讪讪地说："人家心里有事情呢。"

天亮了，肖甲的脑袋昏沉沉的，但是当他沿着由绿化带夹成的小道走向办公楼去上班的时候，早晨的阳光那么好，清亮透明，让人感到像洗了个澡一样舒服；况且，还有那么多人尊敬地跟他打招呼，肖甲就不再郁闷了，他甚至觉得昨天晚上纯粹是庸人自扰，简直毫无道理嘛。

日子就这样在不惊不诧中过了几天。一个下午，快下班时，一位肖甲平时非常欣赏、有时还不免为之心动的女下属约肖甲去咖啡屋坐坐，她想对他谈谈工作中的某些困惑。下级主动约请上级谈工作，这是个好现象，起码表明了一种积极热情的工作态度。肖甲本已含含糊糊答应了；跟一个具有情韵的女下属去一个富有情调的地方，哪怕光谈论枯燥的工作问题，也是一件愉快的事情。但是，肖甲却立即警觉起来，脑子里闪过一串诸如“别有用心”、“陷阱”之类的词。他锐利地盯了女下属一眼，口气严肃地问道：“你怎么会想到用这种方式来谈工作？”女下属无以回答，张了张嘴，很委屈地转身走了。

周末，肖甲照例要和妻子去岳父家。因为离得不远，他们一般步行而去。肖甲和妻子并肩走在街上，不时东张西望。他老觉得有人在什么地方用眼睛探他。经过电影院门前时，围上来三四个卖花的小女孩，相跟着，缠他买一束花。肖甲回过头恼怒地一挥手，吼道：“走开！走远点！”引来许多侧视的目光。肖甲的妻子加快步子，与肖甲拉开距离。她不能容忍和她走在一起的人在大街上那么粗鲁。

“这些孩子死缠活缠，真讨厌。”肖甲赶上去对他妻子说。

“讨厌的是你。你不买也就罢了，吼什么吼？太没有风度了。”肖甲的妻子说。

穿过一条人渐稀少的小巷，就到岳父家居住的小区门口了。肖甲左顾右盼一番，再扭身朝后看看，才抬脚跨了进去。他妻子极为不满地说：“看什么看？像做贼一样。”肖甲说：“你误会了。”他妻子说：“我并没有以为你在看别的女人，后头只有你的影子。”

这样到了岳父家，两个人就有点别扭。岳父问他们怎么了，肖甲谦卑地微笑着一声不吭，肖甲的妻子则抱怨了一通。

肖甲的岳父，肖甲妻子的父亲，这位和蔼可亲的离休老干部，朗声笑了起来。他接着以过来人的口气对女儿说了下面一番话：

“你怨不得他。你知道，小肖目前正在敏感期，就像你们女人怀胎的时候免不了妊娠反应一样，他怎么能不处处加倍小心呢。想想看，四个科长，只能上一位副处长，谁上？谁不上？草木皆兵呢！有时候，连自己的影子也要防备呢！依我看，小肖还真是块搞行政的料，在他身上，我看到了我过去的影子。不过，他比我那时候强多了，哈哈……”

阳台故事

阳台是楼房的延伸部分。季缪还认为阳台像长臂猿伸出的胳膊。季缪喜爱阳台胜过居室。季缪在居室里时感到十分无聊，心烦意乱。季缪有事没事都站在阳台上看天。春天看蜂飞蝶舞，夏天看树木葱茏，秋天看高空过雁，冬天看暗云低合。

季缪尤其喜欢在阳台上观望对面楼房。他喜欢看那一扇扇窗户、一个个阳台上发生的故事。情侣亲吻、少女垂泪、夫妻吵架、婆媳拌嘴、长者观花、学人沉思；爱好气功的闭目入静，厌世者变作自由落体，憧憬者引颈放歌。季缪还看见苦力者粗糙的工作服，也看见女人精致的三角裤头。真是趣味无穷啊。

不过，委缪在阳台上没有故事，他只看见别人的故事。但是，季缪在阳台上终于有了故事。故事是隔壁的高个子女人引起的。隔壁的高个子女人出门忘带钥匙。她穿裙子，没有兜，就忘了钥匙。

“小季，我忘了带钥匙。”高个子女人说。

季缪吃了一惊。他正在看楼下一群小女孩跳猴皮筋。

“你怎么进来的？”季缪问。

“房门开着呀，”高个子女人说，张眼看她那边的阳台。“我得从这边跳过去。”

“就是说，你从我的阳台跳到你的阳台？像长臂猴子那样？”

高个子女人点点头，笑吟吟说：

“是这样。小季你真幽默。你知道我能过去的。”

“我知道？”

高个子女人很惊讶。

“你不知道我是杂技团的？”

“你是杂技团的？”

“咱们邻居这么长时间，你不知道我是杂技团的？”

“我怎么知道你是杂技团的？你又没告诉过我。”

“那你也没看过电视呀？”高个子女人这么说着的时候，已经站到了阳台上。她回头对季缪微微一笑，又说了一声：“谢谢你啦小季。”就像燕子展翅凌空一样，优美地、敏捷地一跃，轻轻落脚到那边的阳台上。

季缪哆嗦了一下，吓出一身冷汗，他踉跄着身体倾出阳台外，凝在那儿不动。他看见跳猴皮筋的一个女孩绊了一跤。他看见许多人仰头往上看。他还看见有个老头正从楼下经过。他听见一个低哑的、焦急的、却又十分清晰的声音说道：

“小—心—摔—下—来。”

紧接着那声音提高了音量说道：“小心摔下来。”

季缪看见正是那个经过的老头，仰着脸，扬手对楼上说话，声音突然一吼，像暴怒的雷霆。

“小心摔下来！”

随着声音，季缪的身体倏然离开了阳台。“我要跌到地上了，”他这么想了一下。

这就是季缪在阳台上的故事。这只是故事的一个开头。

季缪很幸运，那天天气好，他作为落体下坠时带下了三楼、二楼人家凉在阳台外的被子，只是胯部轻度骨折。出院以后，季缪阳台上就有了他曾经看到别人家阳台上那样丰富多彩的故事。

一个人的星期天

那个站在表店门口的人在等他的女朋友。杜缪看见，那人在原地转了一圈之后，掐灭烟头，朝店里说："走吧。"就出来个身材窈窕的姑娘，挽住那人的胳膊。杜缪从他们身边走过，看了一眼那姑娘。她对他笑了笑。霎时间，杜缪又看见他的那个幻觉了。

某一天，在一个什么地方，有一个姑娘，天正下着雪，他用一种喜悦和朦胧的目光望着飞雪。姑娘站在他对面的雪地里，粉红的脸庞丰满而鲜嫩。他朝姑娘走过去,但雪下得更大了,姑娘越来越模糊,离他越来越远了。

杜缪不明白，既然每次她都离他越来越远，为什么这幻觉还总要缠着他。它突然出现了。今天这个星期天，他本想睡懒觉，但去了一趟厕所，回到宿舍看见对面床上的纪一本正咬牙说梦话，幻觉就出现了。他知道再睡也睡不着，就到大街上来了。

夏天的日子，大街上男俊女俏，花花绿绿。太阳很厉害。杜缪慢慢穿过案板街，走到四路电车站牌下时，车刚好开过来，他不假思索就挤了上去。售票员问他到哪？他不知道该到哪儿。这时，有个人买到金雀饭店的票。

"金雀饭店。"杜缪对售票员说。

一个长着满脸凶胡子的大汉故意挤他，把胳膊肘压在他的肩上，极有可能掏包。但他没理会。一块八毛钱的毛票子装在三个衣兜里,随他掏去。在电车行驶的嗡嗡声中，杜缪忽然想到在表店门口看见的那个姑娘和柳倍倍有某些相似之处。她比柳倍倍个子高些，但气质不好如柳倍倍，也不是双眼皮。

杜缪后悔当初没有替柳倍倍说几句公道话。那个星期三下午，教研室讨论柳倍倍转正问题，如果他打头说一句："行，我看柳倍倍同志够转正条件。"别人也就附和了。可他当时只顾看着窗外,沉浸在某种回忆里。"就这样吧，啊？"室主任说，"柳倍倍同志暂缓转正，就这样吧。"他不知道谁先提出柳倍倍和一个学生谈恋爱这件事的，接着大家沉默了一阵子，后来纪一木说了句："真有这样的事？"事情就这样定了，于是柳倍倍每月就得少拿二十多块钱工资。可是柳倍倍跟我有什么相干？这电车上真热得受不了。

电车一个猛刹车，乘客都往前一栽；马上又开了，人们又往后倒。凶胡子趁势撸了他一把。这家伙想跟人打架，杜缪想，打消了还击一拳的念头。车靠站了。

杜缪下了电车，方向有些迷。这就是金雀饭店。矗立在他面前的这个明晃晃的东西就是金雀饭店，他记起一个朋友将要完成的小说里有个乡下人硬说金雀饭店是一堆狗屎。他也觉得它像一堆狗屎。杜缪看了几秒钟，又觉得它不像狗屎而像固体马尿。他真想走过去对街边那个卖膨化雪糕的老头说金雀饭店是固体马尿。杜缪终于辨清了方向。这不就是去豁口要经过的那条路吗。他绕着金雀饭店走了半圈，在十路电车牌下又看见那个该死的凶胡子，还有个女的拉着他的手呢。杜缪奇怪在车上怎么没看见她。姑娘蛮漂亮嘛，看上去蛮有修养嘛。杜缪看着他们，不免为那个姑娘感到惋惜。同时，也为自己的这种感觉感到好笑。那姑娘在看他。杜缪回看了一眼。其实此刻他又看见那个幻觉了。可是无论这个姑娘还是表店门口的

那个姑娘，以及街上所有的姑娘，都不是他幻觉中的姑娘。而且她们都没有站在雪地里呀。姑娘仍在往这边看。杜缪忽又觉得她和柳倍倍也有着某种相似之处。她站着看人的资势真像柳倍倍哪。还有她那件淡绿色乔其纱套裙，也像柳倍倍的。

柳倍倍整个夏天就穿着那样的套裙。星期一下午和星期三下午，柳倍倍穿着套裙到教研室参加活动，就有人说："倍倍的裙子好漂亮啊。"杜缪没有认真注意过她。他老坐在窗户那儿往外看，沉入回忆。杜缪确实没有认真注意过柳倍倍。可是有一天中午，柳倍倍却喊他。

"杜缪，你快来一下。"

她站在走廊里，手里捏着个笤帚，瑟瑟发抖。"你快来呀。"

"你怎么啦柳倍倍？"杜缪问。

"老鼠……吱吱吱……老鼠在抽屉里……吱吱吱吱吱……"

她给吓坏了，脸上无一点血色。他替她把老鼠打死了。打死老鼠后他就走了。可是纪一木这个杂种晚上脱得一丝不挂，一边摇身子一边硬要说他和柳倍倍怎么怎么样了。

"你们，嘻嘻，挺美的嘛。"

"你说什么？"

"你和柳倍倍。"

"我和柳倍倍怎么啦？"

"嘻嘻。"

"你是个杂种。"

"那你说柳倍倍中午叫你这个杂种干什么？"

"逮老鼠。"

"逮老鼠？嘻嘻，该不是……逮这个吧？"

纪一木真是个下流胚，站在讲台上一派正人君子样，可是判试卷时总要给漂亮女学生多加几分。

拉着凶胡子手的那个姑娘和凶胡子一起上了十路电车。杜缪听见气门"噗"一声，他们就关在车里边了。他们是去动物园看猴子吗？杜缪还在为那姑娘感到惋惜。他突然觉得周围的声音非常刺耳。轿车声，卡车声，自行车铃铛声，交警的哨子声，膨化雪糕的叫卖声，一齐往耳朵里钻。空气在炸裂。他听见公鸡在叫。他每天晚上十点钟就听到公鸡的叫声了。不知哪一个偷养了一个该杀的公鸡，生物钟紊乱了，天刚一黑它就开始打鸣，一声接一声，像要挣破嗓子。杜缪真想把自己的耳朵一刀割掉算了，但他马上想到，凡高把自己耳朵割掉后被送进了疯人院。凡高在疯人院创作了有名的《阿勒疗养院庭园》，我呢，我杜缪在疯人院只有活活死掉。

杜缪离开金雀饭店，沿着万寿路往南走。他依稀记得动物园就在这一带什么地方。他非常想看猴子。从金雀饭店到动物园只有一站路，可他足足走了四十分钟。一路上，他都在想：我什么时候再去我曾经去过的陕北兰窑客山里，在那条峡谷深处一块人迹罕至的大青石上独坐？那天他从傍晚一直坐到深夜，山静得没有一点声息，一切都被“静”吃掉了。突然一声公鸡长啼，多么嘹亮哪。虽说所有地方公鸡的叫声都是一样的，可山里公鸡的声音听上去那么纯正，使人久久难忘。那只生物钟紊乱的公鸡早该炖了吃肉喝汤。不过他在山里没见到猴子。

杜缪在动物园的猴子山前站了一会儿，感到兴趣索然。猴子总是老一套，要么跳来跳去，要么蹲在那儿捉虱子吃。他正想离开，看见所有看猴子的人都纷纷离开了。原来空中在打雷，天像一只龟壳。大家拥到一个亭子下面躲雨。杜缪看着如注的雨丝，忽然奇怪自己怎么会在这个地方。这么说，我拼死拼活挤车，又步行四十分钟就是为了来看看猴子，为了在这个破亭子下避雨？闪电在空中划出耀眼的亮光，杜缪觉得它像人的脑神经，像豆禾的根，像天神的思路。杜缪拨开人群，慢慢地走到雨里。他想淋淋雨。但是很快天又晴了。他又看见远处的山了。当他看见远处的山的时候，他又看见了那个幻觉。

某一天，在一个什么地方，有一位姑娘，天正下着雪，姑娘就站在雪地里。他朝她走过去。但雪越下越大，越下越大，姑娘越来越模糊，离他越来越远了。

岁　末

这一年的最后几天，办公室五个人都感到很无聊，平时喝茶，一个比一个呷得响，现在喝着也没什么味道。因为一心等待着新年的到来，大家都觉得眼下日子太漫长，太难打发。

胡刚平提议说：“咱们轮流做东，互相吃几天，怎么样？”

赵峰马上赞同说：“好主意，大家吃一吃，日子也就过去了。又有气氛。”

刘阿秀说：“行呀。咱也见识见识别人的烹调。活到四十多岁，还做不了几个菜。”

王炳和没开口，他瞄了刘阿秀一眼，继续吸自己的劣质烟。

杜纯德看着大家，没有立即表态，他是办公室主任，比别人考虑得多。杜纯德说：“这样不太好吧？”

胡刚平说：“我看没什么不好，完全是自发性的，大家掏钱大家吃，又不是偷吃公款。”

赵峰说：“图个热闹嘛。”

“我不是这个意思，”杜纯德沉吟说，点燃一只烟。他确实另有所考虑，明年调工资，刘阿秀和王炳和都在该调范围之内，可办公室只有一个指标，到底给谁调？论工作能力，两个人不相上下；论经济状况，谁都需要长工资。王炳和这一阵子只吸四五毛钱一包的烟，意思已经很明白。调工资的事非常敏感，万一在饭桌上闹点别扭，王刘之间的矛盾就不可收拾了。小胡小赵年轻，还不懂这些利害。杜纯德对王炳和说：

“老王你的意见？”

王炳和在椅子里挪挪屁股，哼哼了两声，说：“我？没意见。”

胡刚平见王炳和不爽快，就说：

“老王你何必把自己搞得这么沉闷？本来大家就沉闷，如不找点轻松愉快，更沉闷了。”

“我怕老婆。”王炳和说。

赵峰说：“现在世界上究竟谁怕谁？你不怕她不就不怕了吗？”

“老婆比我拿钱多。”

杜纯德急忙说：“好了好了，各人干各人的事情吧。”

大家不再作声。王炳和把话说到这份上，又极其认真，谁还有兴趣再提吃喝？胡刚平最感扫兴，在桌面上玩起墨水瓶盖来。刘阿秀咬着笔杆，若有所思地望着窗外。赵峰低头叠纸船。杜纯德又点燃一支烟，心烦意乱。

可是临下班的时候，王炳和突然说：

“先从我开始吃，野玫瑰餐厅饺子宴。”

众人一愣。胡刚平先哈哈笑了。他看着王炳和，忍不住笑了。他觉得王炳和好笑。其他人并不知道胡刚平的笑意，但跟着也笑了。气氛马上起了戏剧性变化，大家情绪又高涨起来。赵峰说：

“老王春雷第一声，走走走，吃老王的饺子宴去！”

刘阿秀说：“今天吃老王，我要学学人家饺子的配料，以后自己也会做了。”

杜纯德笑归笑，却仍有些担心。但在这种气氛中也不好败大家的兴。

这天傍晚，在野玫瑰餐厅轻快的音乐声中，大家吃着味道可口的饺子，人人红光满面，又说又笑，度过了一个美好的夜晚。这情绪一直延续到第二天上班。

一上班，大家又说野玫瑰的饺子，说老王眼力不错，一边说一边喝茶，喝得很响亮。办公室的气氛令人愉快，工作效率也很高。

杜纯德请大家一顿水碧园的川菜，档次自然高些。大家上班后就又说水碧园的川菜。接着是胡刚平的涮羊肉，赵峰的优质羊肉泡馍。都各有说头，各有令人回味之处。大家坐在办公室里，谁也感觉不到旧年年底的晦气，也忘记了新年将要到来。

轮到刘阿秀，刘阿秀说：

“我请大家到我家吃，露露手艺。”

大家颇感意外。杜纯德说：

“哎呀老刘，不好打扰家里，在外头胡乱吃一顿算了。”

王炳和盯着刘阿秀看了一会儿，吸一口烟，说：“你爱人是知识分子，爱清静，我们去不得。”

胡刚平和赵峰也说：“算了老刘，做饭累死人。”

刘阿秀一急，竟孩子气地说：

“你们看不起我。”

大家只好去。刘阿秀的爱人非常热情。菜很丰盛，胜过水碧园。相比之下，刘阿秀的家未免显得寒酸。刘阿秀系着围裙，忙出忙进，既掌勺又跑堂，额头竟沁出汗粒。刘阿秀的诚意和温和的微笑使大家很受感动。大家都埋头吃，称赞刘阿秀的烹调手艺。

正吃着，王炳和突然停下筷子说：

“我是个小人。”

众人愕然。王炳和又说：

“明年调工资我放弃。”

大家面面相觑。杜纯德连忙说：“大家吃，大家吃。”心中却松了一口气。

刘阿秀愣在饭桌旁，半天，双手捂住脸呜呜哭起来。

胡刚平和赵峰手中挟着筷子，心想再过两天，新年前夕的爆竹此刻大概已经响起来了。

楼 长

单位新盖一幢第十号家属楼，近百户人家迁入新居。

单位居委会为工作方便，召集各户主于楼前空地开会，要大家选出一位楼长，负责每年的票证发放等事宜。十号楼的居民们一直沉浸在大乔迁的喜庆之中，猛然被这事一搅，个个都变得严肃起来。

谁来当楼长呢？以前每幢楼落成后都有退休人员居住，总有热心肠的老头老太乐意为大家跑跑腿，所以选楼长不成问题。而十号楼住的都是比较年轻的居民，谁愿意干这个婆婆妈妈、楼上楼下颠腿却又没有一点名分的差事呢？

居委会主任是个谢顶的老头，友善而满含期望地看着每一张熟悉的面孔。可是人人都躲避他的目光，或低头抽烟，或专心织毛衣。

新楼的居民中，职务最高的是一位副处长。在沉默了许久之后，有人小声说："我看就屈处长代管吧。"几个声音附和说："行啊，屈处长工作经验丰富，举手之劳嘛。"屈副处长听了，向提议他的人投去严厉而又略带微笑的一瞥，然后说："我的工作嘛，大家都清楚，连星期天也得不到正常休息，没有精力啊。"会场又悄然了，只听见擦火柴声、呷烟声、咳嗽声和树上鸟儿的叽喳声。

居委会主任焦急不安地看着表。"请抓紧时阅，啊？"他说，"也没多少事情，一年就这么一两次，收收户口本，发发煤票，就这么多事情。"他期待着。

突然有人打了个喷嚏，"啊——嚏"大家像接到统一命令似的把脸扭将过去。打喷嚏的人看见所有的人都看着自己，脸涨得通红，很愤怒地说："打个喷嚏有什么好看的？莫名其妙！"众人不作声，嘻笑着看定他。"我，我双脚长满鸡眼！”那人大声说，抬脚脱下了鞋袜，“大家看！”

不知是谁先怪笑了一声，接着，十号楼的居民们各种各样稀奇古怪的笑声把他们住的楼房窗玻璃震得嗞嗞嗡嗡作响。树上的那群鸟也被惊飞了。

之后，又悄没声息了。居委会主任难过地搓着手、叹着气。这时，他看见某女对身旁的另一某女说了句什么，那第二个某女又尖叫一声，胳膊也随即扬了起来。“你怎么说这种话？我上有老，下有小，丈夫又不在本单位，饭都吃不到嘴里，若误了大家的事，你担待还是我担待？再说，我有妇科病。哟；我看你倒行。”第一个某女也高扬起胳膊，调门更响：“哟嗬，天阴天晴都成了你的了！求这个告那个，从车间跑到工会去的是谁？说自己善于做群众工作的又是谁？今天你倒有了妇科病了，哪个女人没有妇科病？”俩女遂争执起来。众人很有兴味地听她们闹了一阵子。

这当儿，有个叫阿甲的去了一趟厕所，就有人忽然灵机一动，指着阿甲的后背说：“就是他吧。”大家一致同意：“行。行啊！”阿甲解手回来，执拗不过，苦笑着，也就认了，当上了新楼的楼长。

众人一时很感动，纷纷给阿甲说宽心话，有人甚至热情地握住他的手久久不放。

几天后，在单位办公楼大厅的布告栏里贴出了一份红头文件：任命阿甲为楼管科科长。

这天夜里，十号楼居民们，除去屈副处长和几位科长外，不少家庭是在懊悔和不平衡中度过的。有抽了一夜烟的，有喝了一瓶闷酒的。

新任楼管科科长阿甲第二天起得最早。

塔

陈若逸多年来一直想写一首关于一座塔的诗。他的家乡来化村的来化塔在他少年时给他留下了深刻的印象。陈若逸常常回想起它矗立野外那挺拔苍劲的样子。他试图写它，但几次都中途搁笔。他的诗缺乏意境，自己首先觉得没什么意味。后来，陈若逸在诗里又加进来化塔的历史。他了解到来化塔是为皇帝的一个妃子建造的；来化村周围的地势像一台轿，塔就建在轿中心。妃子死后也是要坐轿的。但是，陈若逸还是没有写成，自己的诗自己不能卒读，便撕了。

不过，陈若逸始终对塔怀有柔情。他现在居住的西安市有两座名气很大的塔，一个大一个小。大的古朴端庄，雄浑如刚健男子；小的婀娜多姿，娟秀似婷婷少女。陈若逸怀着亲切的感情写它们，可他总是捕捉不到一个恰当的意象，干干巴巴，像老年人夏天裸露的肋骨。

陈若逸为写不好塔的诗深感苦

恼。他经常来到塔旁，凝视夕照中两塔的剪影。雨天，他冒雨体验雨中观塔的感受，并把自己拟化为塔，仔细品尝其中滋味。有雾的日子，他奔塔而来，想看到雾中观花那样的效果。然而这种种努力都是白费，诗还是写不出来。

陈若逸千般手段使尽之后，便借助于梦境。日有所思，夜有所梦，那塔倒是不断地出现在梦中，飘飘渺渺，若仙若幻，有时甚至加缀成一个动人的故事。陈若逸赶紧叫醒自己，伏案捉笔，可是一旦面对稿纸，却又茫然，不知塔在哪里，诗在哪里。

陈若逸回到家乡来化村。他要寻找来化塔给他最初的激动。秋庄稼已经收获，麦苗还没有破土。大地辽阔，空空如也。陈若逸像一个幽灵一样整天围着来化塔在田野上游走。

一日，太阳将要落山，满天流霞，一村人沿田间小道牵牛暮归。陈若逸拦住村人，指塔问道：

“你说这塔是什么？”

村人十分吃惊，上下打量陈若逸。

“毬！不就是砖垒的一座塔。”

陈若逸大为震惊。他对着天空哇哩哇啦叫了一阵，然后来到塔旁，坐下便哭。

当晚，陈若逸有生以来终于第一次写出了一首关于塔的好诗。

林中

最先到这片树林里来的，是一位谢顶老头儿。当初，他简直不能相信，在城市近郊，居然还会有这么一个清静之所在。老头儿连连拍打着自己的秃头顶，嘴里喃喃道：“为什么不早些日子出来散步呢？”他想，如果早十天发现这地方，也许就不会生那场病了。医生说是疲劳过度，现在看来，主要是环境问题。

老头儿从兜里取出眼镜，欣喜地打量这片林子。瞧，这是一片多么可爱的杨树林啊。树干挺拔，枝叶茂盛，看上去就像小伙子一样年轻而健壮。老头子走进林子，立时感到一股清凉之气沁入肺腑，精神顿为一爽。浓浓的树阴覆盖着整个树林，风吹叶摇，太阳只能撒下一些细碎的、颤动着的光斑。在这里，市区那喧闹的声浪经过树叶的过滤，变得极微弱。这是一片难得的安静地方。“太好了，太好了！”老头兴奋地嚷嚷道。

老头六十八岁了，是个退休的小学教师。他那模样儿让人一看就知道是个久与粉笔打交道的：黄，瘦，病态，秃顶，眼窝深陷。他一辈子就这样默默无闻地过来了。万没想到，退休之后却有了很高的荣誉：市政协委员。老头儿本想过几年淡泊的、半隐居式的生活，养养花儿，养养鸟儿。可这么一来，自个儿便首先心血来潮了。眼下，他正在写一本关于小学教育的书呢。当了委员之后，家里分得一套宽绰的房子，可是离闹区太近了，每日嘈杂得很，常常影响思路。“现在，”老头儿双手攥着一棵树干对自己说，“我每天至少可以干它六七个小时啦。”他甚至想说服本市市长也搬到这儿来办公哩。

当天下午，老头儿就在树林里开始工作了。他带着马扎和水壶；一张塑料布铺开在地上，放着一些书、稿纸和几摞资料记录卡片。此后，每天早上八点至下午六点，整整一个白天他都在这儿度过。他觉得肌肉有了活力，头脑也不再感到木然，写起书来顺手得很。“这全是树林的功劳呀，”他自言自语说，从心眼里感到称心如意。

第二个来这里的是个三十来岁的年轻人。他是因事偶尔路过此处，无意间瞥见了林中的老头儿的。他停下自行车，默默地看了一阵子。后来，他就来了，悄不出声地找一块地方坐下，唯恐惊动了那老者。这年轻人在化工厂工作，本月十五日到下月十五日之间轮上晚班，白天的时间几乎全部可以用来看书。他只有初中文化程度，那年毕业后就下乡去了。现在，他正在积极准备参加省自学考试委员会的考试。妻子很支持他，家里的事情全包了。

老头儿在休息的时候看见了年轻人。

“他来干什么呢？”老头儿想，一面揉揉眼睛。终于看清了年轻人手里捧着的是一本书，而不是别的什么，老头儿忽然莫名其妙地高兴起来。在他看来，如果一个人有一天不读书，那这一天就算白活啦。“有一个伴儿也好，”他想，“不知这年轻人带午饭没有？我这儿还有一斤蛋糕呢。”

老头儿故意咳嗽了一声，想引起年轻人的反应。可年轻人太专心了，连头也没抬一抬。“算啦，”老头儿有点委屈地想，“也许人家早已娶妻养子啦，已经有人管啦。别打扰他。”

后来，这林中又多了一男一女。老头儿远远看见后很反感。谈情说爱去公园嘛，公园才是搞这种事的地方嘛。年轻工人瞥了一眼，然后将脊背转向那边。哼，他想，这男的肯定不是个好东西，何必这么偷偷摸摸的呢，有什么见不得人的？他不屑多看他们一眼。但不管是老头儿还是年轻工人，很快就把那一对子撇到一边去了。他们不知道，人家一年前就是夫妻了呢。

这一对小夫妻是本市高校两个年轻的助教。高校不坐班，他们就来到这里，妻子撰写下学期的讲稿，丈夫则全力以赴攻外语，为明年报考研究生作准备。其实，在树林里的四个人当中，是这丈夫最早利用了这片林子。去年整个秋天，除了上课之外，其余时间全在这儿，学报上发表的两篇论文，就是那时候写成的。现在，他和妻子就坐在秋天坐过的老地方。

老头儿注意到，那对青年男女并不是每一次一同来的，有时男的单个儿来，有时两人一块儿来。居然有几回，那女的独自一个就来了。“姑娘，我相信你是个好姑娘。”老头儿这样想道，“可是除了谈情说爱以外，还是

干些别的重要的事情吧。别干出蠢事来。”年轻工人在看书之外还有一种警觉：如果那男的胆敢欺负这姑娘，他的老拳可不留情。看见女的独个儿来了，年轻工人不满地想：哼，这男的真是个混账东西，居然让女的一个人跑到郊外来。

这四个热爱户外生活的人，分散在树林中的三个地方，各人埋头干各人的事。几只鸟栖息在树上，发出婉转的叫声。间或，他们会彼此远远地互相望一望，会心地笑笑，似乎已经很熟识了。

树林中静静的。

再后来，那是个星期天，一个背着画架的人走到了这里。他站住，向林中窥望。他的眼睛烁烁放光，突然跑步奔进林子。他迅速地将树林中的几个人扫了一遍，支好画架，钉了画布，然后神经质地作起画来。

画家的出现，在林中引起了一点小波动，大家把自己的事儿停了一分钟。

老头儿赞赏地想道：“这才像个干事的样子呐。”

年轻工人睡意朦胧地看着画家。他太累了，睡了二十分钟——他从小就佩服画家们超凡的本领，心里暗暗打定主意，将来得引导儿子往这方面靠拢。

夫妻助教交换一下眼色。“这个人有艺术家的气质，”妻子说。“是的。”丈夫说，“我相信他刚才一定抓住了什么，光或者色彩。”

画家一直处于亢奋状态中。他清楚，那是树林以外的某种东西在支配着他，使他变得如此激动和着迷。夏日的朗朗的天，宁静而透明的空气，神秘而富有人情味的树林，树林中亮度很强的树阴，树阴中夹杂着由黄向绿过渡呈现出中间色的光斑，光斑是细碎的，颤动的；一群觅食的鸟儿，翅膀轻轻地掀动着，似乎怕惊动了这片静静的、静静的树林……这幅取名为《林中曲》的油画，不久在晚报上发表了，画家还应约写了一篇谈创作体会的文章。

过了一些日子，画家又一次来到树林。画家愕然地站在那儿。树林里，录音机高高地挂在树干上，正播放令人激动的《热情的沙漠》，几十个人围成四五堆，如火如荼地跳舞。地上丢满了聚餐后的残物。卖冰棍的站在自行车旁，信心十足地大声叫卖生意。两三个衣着不凡的人走来走去，以可疑的方式出售墨镜。画家走过一对正在吃冰淇淋的青年男女身旁时，那男的正饶有兴趣地谈到一件什么事情：“你猜他们谈恋爱谈些什么？男的问女的见过狼没有。他们就谈这个，哼，你说扯淡不扯淡？”“你说下去，”女的说，她听得津津有味。画家看了他们一眼，继续往里边走。乐曲节奏感很强，很能打动人，舞者的舞姿很潇洒，很漂亮。他欣赏地看着他们跳。

这时候，从舞场里跑出来一个姑娘。“啊，太巧啦！”她做出惊异的样子说，“这不是画家何如真吗？大画家，不认识我了？”画家望者树林，搜索自己的记忆。他没有想起别的什么，只想到他那篇谈体会的文章。他懊悔写了那篇文章。“你在晚报上发表的那幅画和文章……是美把我们吸引来了。看，那青春的活力，青春的旋律……”画家沉吟着。是的，乐曲很美，舞姿很漂亮。可他没有再看见作画时看见的那几个人。他感到怅惘，一种沉重的失落感爬上心头。

草坪这地方

城市中心街有一片草坪，四周被杨树、塔松和梧桐组成的林带环绕着，与喧嚣的市面隔开，形成一个独立的小天地。

每当冬去春来，草坪依稀显出浅浅的鹅黄的时候，有人站在草坪上，沉吟良久，写下一首抒情诗，寄给晚报去发表，于是他就立志做一个诗人了。

现在是夏天。一到傍晚，美术学院的这个学生就来了。他坐在他松下的石桌旁写生。夕阳下的楼房群，巨幅广告招牌，草坪上的男人和女人，老人和孩子，他都喜爱。他喜爱这里的一切。他甚至把在这里看到的一草一木都当成了自己的一部分。

可是，那个姑娘是什么时候出现在近旁的呢？他不知道。有一回，他扭头去看一丛玫瑰，突然，他看见她了。她就坐在玫瑰花旁，看上去挺高贵。美院学生心里纳闷：这么一位花枝招展的人儿，为什么不到草坪中心去招惹人的眼睛，却煞有介事在这儿读书？第二天，他又看见那姑娘了。他想，这可不好，如果她明天还来这儿，我就离开。

姑娘仍然来，他没有离开。他想，这不好。虽然这样想，他还是天天来。但是那姑娘没有看过他。至今他没有发现姑娘看过他一眼。

姑娘在看见美术学院学生的第一个瞬间，她便意识到将会发生些什么事情。她想，他坐得离我这么近，很明显是冲着我才来的。她想，她父母当年的恋爱故事要重演了。她有把握，几乎可以猜想到下一步会出现什么情景。然而，美术学院的学生没有看她。她始终没有看见他看过她。

有一天，附近又坐了两个人，一边搧凉一边聊天。

“那个人怎么回事？”

“谁？”

“东北角上穿黄背心的那一个。”

“你说他？在恋爱呗。”

“有这样恋爱的？和谁？”

“跟他自己。单相思，已经神经兮兮的了，住过两个月精神病院呢。”

“让人甩了？”

“他和他喜欢的女的连一句话都没说过，不知道人家叫什么名字。”

“怎么会呢？现在什么年代了。”

“鬼知道。他第一次看见那女的就在那个地方。现在他每天天黑前都要在那儿站一个小时。”

“女的知道吗？”

“不知道她知道不知道。”

“挺可怜的。”

“这怨谁？她不能跟每一个爱她的人都结婚。比如说，你爱我，难道是我的错吗？”

第二天，美院学生和那美丽的姑娘都从草坪上消失了。

第六辑　乡关何处

回家是一个永远的期待。

人活着，就一直在路上。

在路上。对以往“恶”的幡然悔悟，须以血腥为代价；对未来的无以把握，引起灵肉分离的恐慌；而对美好品性的玄想，则侵润着淡淡的哀愁和惆怅。

仍然要回家。

年迈的五婆独自走在回家的路上，春天的油菜花为她盛开，蝴蝶为她飞舞。她怀念着那些虽然遗忘却始终深藏心底的美丽的过去，她要回到生命的原初。回家了。“从今往后我就安心了么。”五婆这样说。生命的终极意义在“回家”的过程中显示了一种庄严的力量，一种朴素的高贵，一种动人的伟大。

第十八只猫

初秋的一天午后，几个外乡人结伴来到地处关中北端的一个小镇。这个小镇一月前还是重要的文物集散地，但是，等他们赶到时，却已花败柳残，市面上连几枚普通的铜钱也很难见到了。外乡人相信镇子上仍然有货，便找了简陋的宿处住下，然后四处走动，一心要弄到几件稀罕之物。

这天黄昏，几个外乡人走到小镇唯一的街道的尽头，看见一家几乎颓败的门面前坐着一位老者。老者面目丑陋，闭合着浮肿的眼皮打盹，嘴角淌一溜口水。脚旁一条长绳拴只瘦猫，正在一只肮脏的破碗里舔食。

外乡人眼睛一亮，盯住了那只碗。他们交换了一下眼色，其中一个蹲到碗前，另一个走近老者。

“老汉，我们给你五块钱买这只碗。”外乡人用刚学来的北方话说。

老者面无表情，也不睁眼，他的脸在夕阳下看上去像一张皱巴巴的黄表。

“十块钱。”外乡人说。

“不，”蹲在地上的那个外乡人说，“五十块。”

老者如同睡着了一般丝纹不动。

“扔给他五十块钱，把碗拿走。”第三个外乡人说。

老者像病中呻吟似地“哼”了一声，把头摇一摇，说：“我的碗不卖。”

外乡人将钱袋子抖得哗哗直响，俯身看着老者。“一只烂碗，五十块钱，不卖？”

“笨蛋，”第三个外乡人嘀咕说。他已有些不耐烦，看着两个同伙，又看看正托在山顶上的又红又大的太阳。

老者的眼睛启开一条缝。“太阳快下山了。”他说，并不看外乡人，然后仿佛吆鸡似地朝他们挥了挥手。

“一百块，”识货的那个外乡人说。

“我担心我的猫，”老者说，“它那么瘦，卖了碗，猫咋办？”

“这脏猫？又不是名贵种。”外乡人说。

“老鼠一样的东西，一脚能踩死三只。”早就有些愤愤然的那个外乡人愤愤地说。

“我的猫只吃放在这碗里的食。”老者说，“你说，我咋能卖碗？”

“好说，好说。”外乡人的头儿说，“我们也很喜欢小动物。我们买你的猫。”

“我可怜的猫啊，他们要买你哩。”老者说，扯了扯绳子。

“我们会精心伺弄这可爱的小东西的。”

“它跟我相处得没缝没隙，有感情哩。”老者说，很悲戚地叹息了一声。

老者咳了一声，摇摇晃晃立起身，拉扯绳子对猫说：“天要黑了，咱回呀。”

外乡人的头儿赶紧朝另外两个同伙使眼色。“我们只买猫。”他说。

“买猫。”两个同伙附和说。

“给老汉数一百块钱，”外乡人的头儿吩咐说，“这猫归咱们了。”

老者丑陋的脸上在夕阳下显出一种古怪的表情。但是外乡人没有看见，他们只盯着地上那只脏兮兮的碗。

“不过，”老者说，“我这猫可会难为人哩。”

“什么意思？”

“你们要是不好好待它，它会抓破你的脸。”

“好说，好说。”

“它只要一百的钱。”

“一百？”

“二十张。”

外乡人面面相觑。

两千元买一只快死的瘦猫实在太荒唐了。可是，那只碗却又实在太稀罕了。他们知道，只有买了这该死的猫，才有可能把碗弄到手。

外乡人付给老者两千元，由那个总是愤愤然的矮个子把瘦猫抱在怀里。

老者在此之前一直半闭着眼睛，他几乎没有看清他面前的这几个人是什么模样。现在，他突然把眼睛睁大了，一一打量外乡人。他的被浮肿的眼皮包裹着的眼睛原来十分明亮。他的眼光森然骇人。

“哈，”他似哭似笑地叫了一声。

三个外乡人吃惊地望着老者。但老者已闪身进门。两扇门“哐当”一声关住了。

第二天一早，买了猫的三个外乡人匆匆来找老者。他们得把碗弄到手。

外乡人看见，老者仍坐在昨天的那只小凳子，双目闭合，脚旁的绳子又拴了一只更瘦小的猫。

“我知道你们会来的。”老者说，并不睁眼。“你们昨天买走我的第十八只猫，今天该买第十九只了。”

几个外乡人一言不发。他们互相看了看，又看看老者，然后，仰头看了看远处已经开始凋零的山峦和秋天时碧蓝高远的天空。外乡人的头儿先走开了。另外两个也走开了。当天上午，他们怀着羞辱，头也不回地离开了小镇。

一条狗的命运

我上小学那阵子，家里养了一条狗。养狗的原因，是我们家因邻里纠纷不再走村街上的南门，放倒了一堵后墙，改走北门。从此，出了家门，就直接面对野外的庄稼地了。最初并没有买狗，买狗是后来的事。家里一走北门，给我带来了恐惧和不安。冬天的早上去上学，天还麻麻黑，田野空旷，结霜的地面白花花的，低洼处又黑乎乎的，像狼啃过的伤疤一样。我总以为附近的坟堆后面蹲伏着一个什么怪东西，随时会扑出来。更大的恐惧来自晚上。每一个夜晚。我害怕每一天的太阳降落到西山背后去。

每天晚上，我们小学生在生产队的土台子上集合，然后分成小组，列队到贫下中农家里去教语录。我们说："三爷，毛主席教导我们说，深挖洞，广积粮，不称霸。你学两遍。"我们对三爷的老婆说："三婆，你们分开学。说，要斗私批修。你学三遍。明天晚上我们要检查哩。"但是，三爷偏偏记不住，他只记住了另外几个字。他闭上眼睛说："人民万岁。"他还说："这也是毛主席说的。"他的榆木疙瘩脑瓜简直要把我们气死了。他学不会新语录，我们不能结束，我回家就更晚了。我害怕那些血脸红头发的凶鬼在路上张牙舞爪，专等十二岁以下的小孩。那时，有数不清的那样的夜晚，我都是一路用哭腔高声唱着"下定决心"的语录歌，穿过村东的塄坎，跑过村外的拐角，跌跌撞撞沿着北边的小路飞奔回家的。有一次，我竟被一声猫叫吓得坐在了地上。

后来家里买了一条狗，一条很瘦的有杂毛的土黄色狗。有了这条狗，我晚上回家心里就塌实得多了。一到拐角那儿，我就叫："狗，狗。"那狗汪汪两声，我竖直的头发马上就落下来了。在那样的年代，大人们不太把孩子的事当回事，买一条狗护家并为我壮胆，已经相当不容易了。

但是，那实在是一条很一般的狗，甚至可以说是一条劣狗。五月，麦子早已吐穗扬花，有半人那么高，风一吹，刷刷地响。就是大白天，突然遇到一两只野鼠野兔从地头窜过，冷不丁也会吓人一大跳，何况夜晚呢。

其实那天晚上还有很好的月亮，明光光地悬在头顶。我教完语录，唱着壮胆的语录歌往家走。转过拐角，我喊："狗，狗。"没有回应。我说："狗！"忽然，它从麦地里冲出来扑向我。我分明看见那就是我家的狗，但它好像不认识我，扑过来咬我。我说："狗！是我呀！"它依然不理睬，咬住了我的裤脚。我说："狗日的狗！是我！"我失声喊家里人，喊我的爷爷和父亲。我说："快来啊，咱家的狗要吃我哩！"

这一次我吓得的确不轻，第二天没能去上学。我奶奶说把我的魂吓丢了，她在正午的时候和我母亲一起敲锣为我叫魂。这样的狗，不久，它的末日就到了。当然，那是几种因素加到一起的结果。其一，这年夏末，村子西头有三户人家陆续也开了北门，我家不再是独门独户。其二，我弟弟也开始上学，加入到晚上教语录的行列，我们能够互相做伴。其三是这条母狗在发情期曾招惹来不少公狗，那种怪怪的叫声让人讨厌。第四，眼见得分到家里的粮食一年不如一年，养一条已经多余的狗显然没有必要。于是，家里决定处理掉这条狗。

在一个下雨的日子，我父亲用布带蒙住狗的眼睛，把它装在背篓里，走了三十多里路，在一个叫太平岭的地方放了它。但结果是，我父亲还没有回来，狗已经卧在它的窝里，心平气静地啃爪子上的泥巴，一点也不像受了委屈的样子。我过意不去，走过去拍了拍它的头。然而在我的那个大家庭中，我无权决定那条狗的命运，大人们商量好的事情轻易不会改变。

村上的几个年轻人很快得到了我家不愿再养狗的消息，他们兴奋地聚成一堆，一会儿又散开了。其中一个叫铁娃的矮矬子拿一块馍把我家的狗引诱到村东的一口井边。那是一个废弃不用的大口辐射井，曾有人往里头扔过死猫一类的东西。他们嗷嗷叫着围在井边看热闹。仍然是那个矮矬子铁娃，二话不说，一脚将狗踹下井里去。他嘴里还骂了一句："去你妈的！"我家的那条狗，就得了这样一个下场。那天，我家没有人去，我去上学，也没有去。当时的情景，是后来听人绘声绘色讲述的。傍晚，我走到井边，听见了那狗挣扎着的凄厉的叫声，一声一声传上来。第二天傍晚，我又来到井边，我蹲下身，把耳朵朝向井口，什么声音也没有了。

在水库工地

那一年我们十七八岁，在水库工地指挥部当民调工。我和马军住同一孔窑洞。我每天到热火朝天的第一线采写稿件，供广播站播出。马军是电影放映员席师傅的助手，兼做些杂事，正常情况下，三天放一次电影。马军很喜欢这个工作，无论做什么都埋头认真，整天不声不响的。我经常看见马军一有空就捧本书学习，那个刻苦劲儿，挺让人佩服的。马军那时候一心要学一门技术，他出神地望着窑洞外面，对我说，若能像席师傅那样当个电影放映员，或者像他父亲的一个朋友那样当个拖拉机手，这一辈子在社会上就会有个混头了。我知道，这是我们许多人共同的愿望。

由于我们的身份仍然是农民，所以指挥部的正式干部可以任意支使我们。比如，冯干部喜欢打扑克牌，经常要求我们给他撑摊子。冯干部极看重尊严，不愿意输牌，一输，就涨红了脖子脸生气，硬要没完没了地打下去。但你也不能明显地故意让他赢，这样他又觉得没意思。有一天下大雪，工地停工，冯干部说："咱们今天必须打牌。"马军叹口气，把手里的书放下了。经过抓阄，马军和冯干部面对面打对家。马军手中拿着牌，不时会愣怔住，一副走神的样子。我猜测他一定是在琢磨某个原理呢。他出牌就迟疑些，甚至出错牌，冯干部十分恼火，大声叱责他。席师傅在一旁观战，他的长脸笑呵呵的，表情丰富，但他只观战，从不染手。席师傅这时劝解说："玩的个事，不必认真么。"马军呢，龇牙一笑，一副羞愧的模样。我想，即使他心里对冯干部有千般不满意，也不敢在面上流露出来。其实我也一样。这牌从下午打到天黑，我早就憋着一泡尿了，但鏖战正酣，谁敢轻易言尿呢。到小半夜，我看见冯干部的嘴一咧一咧的，一副努力隐忍的样子，他大概也憋不住了。果然，重新洗牌时，冯干部提议说："大家去尿一泡。"

我们像获得新生一样忽啦啦拥到窑门口去解裤带。

外面很冷，我们不禁打了个寒噤。外面很黑，伸手不见五指。外面的雪大约有半尺厚，我们的尿射出去无声无息。马军突然“呀”了一声，说：“呀！我裤子热。”冯干部说：“你这年轻人没睡觉就说梦话。”他很轻松地进窑去了。重新开局以后，马军显得心神不宁坐立不安，这直接影响了冯干部的兴致。冯干部情绪很坏地说：“算了，不打了！马军你这人真没意思透了！”把牌摔在床上。散摊后，在昏暗的灯光下一看，马军的棉裤上湿了一大片。从刚才几个人站的位置判断，可以肯定那是冯干部的尿水。马军却正色说：“不敢乱讲！人家是干部哩。你不知道，我爸绕了多大的弯子，我才能到指挥部来。我还没学到技术呢。”

这一场大雪铺天盖地，工地好几天不能开工，民工们除了开会听念报纸社论外，就窝在工棚里睡大觉。指挥部担心这种情况下会产生一些节外生枝的事，决定连放两晚电影。高音喇叭把这个消息一广播，满山沟里顿时响起欢呼声。

因为雪厚路滑，县上送片子的卡车不能下到沟里，必须有人爬上山顶去把片子背下来。席师傅的意见是，最好派两个有经验的民工去，翻山越岭的挺危险，给人家多记点工日。但是，马军不同意。马军看了看我们领导的脸，说：“这个任务是我的。”他舔舔嘴唇，把裤带紧一下，午饭后就出发了。

我们早早在雪地里挂好银幕，等着片子的到来。民工们比我们还早，黑压压站了一沟川。暮色四台时，马军肩上一前一后用绳子吊着两个片盒，拍咣拍咣，雄赳赳地出现在银幕前。我们都迎上去。席师傅很喜地说：“取上啦？”他连连夸赞马军又能干又准时。马军抹了一把头脸上的汗水，蹲到地上，双手托着下巴喘了一阵子粗气，说：“我一路上掐算着时间哩。”事实上他比席师傅预计的时间提前了将近十分钟。马军说着，就在放映机旁忙开了。我们听见，他很得意地轻轻吹了几声口哨。在放映机旁的光影里，我们看见他头顶上久久飘绕着一股股白气。

马军为大家背回来的影片叫《难忘的战斗》，因为是新片，观众群情激昂，每逢片子里打到激烈处，就会爆发出一阵阵“好！打得好！”的喊声，快把沟壑都要掀平了。

当晚回到窑洞里，我的耳朵里依然充满喊打之声。我们的领导专门来表扬马军，拍着马军的肩膀说：“很好，很好。”领导走后，马军激动难平，搓搓手，抓抓头，在巴掌大的窑洞里走来走去。我说：“马军，你很累了，睡。”他应付了一声说：“噢。”抱住头，沉浸在某种向往里。他终于睡下了，忽然又坐起，没头没脑地对我说：“呀，我今晚可能要唱歌。”我吃惊地说：“马军你没事吧？”他龇牙憨憨地一笑说：“我先给你打一声招呼，免得到时候把你吓着了。我不知道为啥会有这么个毛病，累得狠了，睡着后就要唱歌。”我闻所未闻，倒吸一口冷气，感到从窑门口灌进来一股冷风。

果不其然，大约到了后半夜，我被一种怪声惊醒，马军坐在床上唱歌了。他的声音一忽儿嘶哑，一忽儿尖锐，虽然唱的是人人都熟悉的《沙家浜》中“朝霞映在了阳澄湖上”那一段，很抒情的，但听起来也叫人毛骨悚然。一个人在睡眠中唱歌，就已经让人恐惧的了，何况马军又唱得极为怪异，我头皮噌噌作响，身上起满鸡皮疙瘩。他唱的是京剧的调子，吐的是秦腔的字音，中间又串到《红灯记》中李玉和“临行喝妈一碗酒”上去，还夹杂着许多咿咿呀呀呜呜哇哇的怪叫，几乎像猫头鹰被捏住了脖子。我缩在被窝里，浑身直打哆嗦。我在被窝里喊：“马军！马军！”他根本不予理睬，自顾一路唱下去。这个时候，我多么盼望冯干部来吆喝我们起来一块打扑克牌啊。不知过了多久，我听见“嗵”一声，接着马军发出了痛苦的鼻鼾。

第二天早上，马军又是个好好的马军了，虎头虎脑地对着我笑。我能感觉出来，他的笑里含有深深的歉意。我自然不会在意，只是在感觉方面，你简直不能相信，这个马军和昨晚唱歌的马军会是同一个人。

在工地指挥部，马军渐渐有了些名气，他特别能吃苦，为领导所赏识。就连冯干部，偶尔对马军也会客气些。自然，在放映员席师傅的眼里，马军更是个称职的助手。他对马军整天笑嘻嘻的，而且一旦有机会，总要在领导面前赞扬马军两句。

但是有一次，席师傅的长脸突然吊得更长，一脚踹开了我们的窑门。我正趴在床上写广播稿，大大吃了一惊。马军脸色煞白，低着头，垂下手，一言不发。原来，马军趁席师傅去县上办事，偷偷拆开了放映机的一个精密部件，想看看里面的构造和原理。重新安装时，他拧错了一个关键螺丝。“你怎么能偷偷摸摸做这样的事！”席师傅非常愤怒地说。这个时候的席师傅看起来一点也不和蔼了，倒像电影里敌军的一个连长。不过，这件事情席师傅没有再追究，不久也就过去了。但是自此以后，马军打消了做一个席师傅那样的人的念头，他觉得自己丧失了向席师傅全面学习放映技术的资格了。

“我完了。”他垂头丧气地对我说。

我们万万没有料到的是，几天后马军在水库大坝上惹出了更大的乱子。他瞅上了拖拉机。他贼一样地蹿上了驾驶室。那是他父亲的朋友当拖拉机手的拖拉机。他轰一声踩下油门，结果烧坏了发动机的两个缸，造成局部工程停工一天半。这个后果是严重的，谁都为他想不出办法了。席师傅和冯干部找了几次领导，也未奏效。指挥部坚决地打发了马军，并通报指挥部所有的民调工。

“好好的前途给毁了。”席师傅惋惜地说。

“唉，这个马军。”冯干部说，也很伤感。

马军在工地指挥部的最后一个夜晚，不是因为累，而是因为我说不清的原因，他又在睡眠中唱了一回歌。这一次，我愣愣地坐在床上，陪着他。

就这样，马军先我半年离开了水库工地。半年后，我也离开了。

他们在树下玩麻将

几个人坐在梅二小卖铺前的桐树下玩麻将。晌午的太阳暖洋洋的，空气像玻璃一样干净。小风一阵一阵，吹送来庄稼地里油菜花的味道，还有麦子孕穗时节吐出的甜西西的味道。

就是在这么一个晌午，梅康社他们几个兴致很高地玩着麻将。他们每人面前都有一堆毛票子。

“看，来了一辆小车。”梅二在柜台后面惊讶地说。他想打一个喷嚏，抬头看太阳，眼里却钻进了一辆小轿车。“很、很高级的。啊、啊——嚏！”

果然，从不远处的柏油路上，一辆银灰色小轿车像蛇一样探头探脑地拐了过来。车开得很慢，几乎听不见声音。小车在众人目光的注视下停到树旁，钻出来一个穿戴不凡的人。

梅二马上招呼说：“贵客贵客，你要买哪种饮料？”

那个穿戴不凡的人笑吟吟地摆了摆手，眼睛盯着麻将桌看。梅二大失所望，对着太阳又打了一个喷嚏。“啊嚏！”

玩麻将的人一律住了手，都把头抬起来。梅康社咧开嘴说：“我们不是赌，一毛两毛，岔心慌哩。”

另一个说：“麦收前没球事干么。”

梅康社歪头看了看车牌号，警觉地说：“你是省上的干部，来私访哩？”这么一说，在场的人都有些紧张了。

“村里不提倡赌钱，但玩一玩还是可以的。”

“现在的一毛两毛根本不算个钱。”

那人呵呵笑出声来，取出一支烟夹在手上，说：“误会，误会。我和你们一样，出门散散心。来，大家都抽上。接着出牌，我看你们玩。”

“要么，你是个大老板？”梅康社说。

那人没有否认，吸一口烟说：“老板不老板的，人有时候需要给自己散散心。你们玩你们的。”

但是，在这种场合，一个神秘的陌生人站在一旁观看，他们有些不习惯。他们觉得后背有一双不熟悉的眼睛盯着，让人不自在。

梅康社眯眼看一下村外的庄稼地和庄稼地那边的另一个村庄，对那人说：

“贵姓？”

“姓张。”

“噢。我们大多数姓梅，这里是梅庄。东边是保当村。”

“我在路边看见村牌了。”

“噢。我是说，你站在这儿我们感到拘束。你看，我连牌都不会出了。”

那人呀了一声，说：“不好意思。那我，我去方便一下，你们玩。”他挺着高突的肚子朝一片油菜地走去。他在油菜地里只露出一个头，像只黑甲虫停在一大片黄灿灿的金子上。

梅二撇一撇嘴，把他的跛腿在地上跕一下说：“车高级得很，却舍不得买饮料，我看未必是个大老板。太阳热得跟夏天一样。”他夸张地用手在脸前扇了扇。

梅康社他们还是不能安心打牌。因为那个人只是暂时离开，一会儿还会来，他成了他们心里的一件事情。而且，还有轿车，也妨碍玩牌的情绪。于是他们一起看那人的车。梅二也在看。梅二抱怨说：

“没见过这种人，端着金碗要穷哩。”

梅康社说：“这车的确高级。”

另一个说：“差不多能值好几万。”

梅康社好像很懂行地说：“几万？你的钱真大，几万元看你能把车摸一下不？”

对方较劲说：“我现在就去摸呀，我不掏一分钱去摸呀。”他真的走到车跟前，先伸出一根指头，碰了碰，缩回来，接着又用整个手掌摸了一下。“哈！我把它摸了！”

梅康社龇一龇牙说：“这算什么能耐？你有本事让那个老板跟咱们一起打麻将，今天把他的钱赢了。”

梅二煽风点火说：“拉他一起玩，把他赢了！”

那人还在地里站着，估计一泡尿没有那么长。也许他在那儿呼吸油菜花的味道哩。但他终于转身朝树下走过来了，依旧一副笑模样。

“我说，我今天反正出来了，能不能和你们一起玩麻将？”

梅康社他们几个眼睛相互一碰，意思都明确了：好得很么，这人自投罗网，今天得把这个看起来是个大老板的有钱人的钱，赢了。

“行么。”他们说。

“咱们往高里升一升，不然太没意思。”

梅康社眨巴着眼说：“多少？”

“不往高里说，十块二十块怎么样？”

“我的天，你要人命哩。”

“那就五块十块吧。”

“不行不行。”

“那，就一块两块吧。”

梅康社他们又用眼睛商量了一下，说：“行么，就按你说的来。”

刚才摸车的那个人自愿退场，他说他在一旁可以“钓鱼”。张老板从钱夹子里抽出一张大票子，到梅二那儿兑换零钱。

梅二说：“买点啥么，你那么有钱，买点啥么。”

张大老板扭过头说：“你们喝啤酒还是喝饮料？好，来五瓶啤酒。”

“好的，好的。”梅二虽然腿跛，但动作十分麻利。嘭，嘭，嘭，嘭，嘭，他眉开眼笑地把五瓶全打开了。

梅康社他们显然已经调整好了情绪，一个个努着嘴，开动脑筋对付那个张老板。气氛陡然严肃起来。每个人嘴里喝着啤酒，眼睛却不离麻将。

“你经常玩？”梅康社故意说。

“唔。”张老板回答得很含糊。

“你们平常要得很大？”

“唔。”

“我和了！”梅康社说，一把将牌推倒。五八条，他和了。

但是，自从和了第一把之后，梅康社他们就很少再和牌了。真是邪气得很，眼看着能和三六九饼三张的口面，却让张老板的边张和了。

“这么说，你是个大赌家？”

“哪里哪里。”

“喂，我说老板，你开着高级车跑到梅庄赢我们的钱来了？”

“唔，不好意思。”

输了钱，人的脾气就躁。其中一个按一按瘪口袋，开始骂爹骂娘，害气把一枚臭东风摔在桌子上，砸飞了色子，蹦到了梅二的柜台里去。就在这时，一直面色平和的张老板突然发一声喊：“炸了！自摸七万，又是个炸弹！”他兴奋得满面红光，神采飞扬，浑身圆滚滚的肉胡乱颤动。

梅康社他们怎么也没有料到这个王八蛋老板竟是个麻将高手。三归一，他们输得很惨。他们的兜里几乎全空了，不知道中午回去怎么给婆娘交待。

张老板抬腕看一看手表说：“时间过得这么快。”张老板站起身拍打着手掌说：“不好意思。”张老板钻进车里探出头说：“再见。”

梅康社他们大眼瞪小眼，全蔫了。他们没想到会是这么个结果。但麻将场上的事，也只能这样了。梅二的眼睛看着别处，他不敢往这边看。

“我把他妈叫姐呢！”有人高声骂道。

“早知道这样，你刚才就该用指甲把他的高级车狠劲抠下一片子。”第二个人对摸车的那个人说。

“怨咱们自己，没事寻事，老鼠舔猫的屁股呢。”摸车的人说。其实他没有“钓鱼”。

梅康社用鞋跟踩烂一朵地上的桐花，咬牙说：“叫他赢没钱人的钱，翻了他的车！”

他们都垂头丧气地盯着自己的脚面，一个不看一个。突然，梅二像失火了一样喊道：

“快看快看，车又来了！”

那辆银灰色高级轿车真的又来了。梅康社他们面面相觑，转动脑子想办法怎么应对。

“咱们把他晾到一边，不理睬他。”

轿车速度很快，已经停在跟前了。那个姓张的老板再次钻出来，拱着手说：“刚才只图痛快，忘记感谢各位了。”他一边说，一边把赢的钱掏出来放在桌子上。“我把钱退还给大家，另外加一点利息。我这么做，没有别的意思，你们不要笑话我。”

梅康社他们又大眼瞪小眼。他们完全弄不懂了。张老板原来是这么个人啊。他们都很敬重地望着张老板。

“这咋好意思呢。”他们说。

张老板说："我今天玩得非常开心，真心感谢各位。现在，我想给你们说几句心里话。我的确经常跟有关方面的人打麻将，但我很少和牌，从来没赢过。不是我水平不行，是因为你们不知道的原因而不能赢。有时，自摸的炸弹也一定要打出去。我必须让人家高兴。今天在这里，阳光好，风也好，空气新鲜得像油菜花一样，你们让我度过了一段愉快的时光。"

梅康社他们听得瞠目结舌。他们不理解天底下怎么会有这种事情。他们一起嘿嘿嘿地给张老板笑。

"我们农民不懂大老板的生活。"他们这样说。

"你走好啊。"他们甚至有些依恋地对张老板招招手说。

张老板走了。梅康社他们在心里为张老板感伤了一阵子，但他们自己毕竟是高兴的。他们各人拿回自己输的钱，又格外得了十块，咋能不高兴呢。他们想到有钱人的生活过得那么麻烦，不一定活得好，就更加高兴起来。

时已正午，该散摊了。梅二不失时机地招揽生意说：

"你们额外得了钱，一人买一盒烟么。"

纪念一孔窑洞

我十八岁那一年，在水库工地指挥部当民调记者，为广播站采写广播稿。我们隶属于政工组，在半山腰有一个单独的小院子，每人住一孔窑洞。窑洞很小，是在削平的崖壁上挖了个窟窿，够支一张简易床、架一块标语牌当写字台，余下的空间，刚能容一个人转身。每天，我们到沟底的工地去采访，然后沿着崎岖的坡道回到窑洞里撰写热火朝天的新闻稿件。

有一天，我在截流槽清基现场采访完毕，带着满身泥巴回小窑洞去。节令临近立夏，天气渐热，我擦擦汗水，踏上通往政工组的岔道，准备爬坡。这时，有人挡住了我的去路。

“嘻嘻，我昨晚梦见在这里会碰见一个人，这个人就是你。”

一个女的双手背在身后，站在我面前。她居高临下，两脚叉开，笑嘻嘻地望着我。

我看看两旁，又看看身后，对她说：“我不认识你。”

“我的梦很灵哩，”她说，“我梦见我跌进了一个大坑，有人伸手把我拉了上来。看来就是你。”她穿白色半胶鞋、浅绿裤，一件米色单衫裹在身上，紧绷绷的。她脸庞黑黑，五官周正，嘴角有一对小酒窝。

“我说了不认识你。”

“我知道你是广播站要笔杆子的记者，兜里装着本本，风光得很。”

我咽下一口唾沫，朝远处的沟坡看了一眼。那儿没有多少草木，在阳光下显出蓝汪汪一片空蒙，让人捉摸不定。

“你想想，你写的文章，通过广播员念出来，满工地都能听见，你会有啥样的感觉？”

我说：“这是工作么，很平常的。”

“我八辈子都不会有这样的本事。”她说，“你，将来肯定能干大事情！”

我无言以对，又扭头看空蒙的沟坡。其实，我会有什么样的将来，我自己根本不知道。我只是一个民调记者，身份仍然是农民，等水库竣工之后，我往哪里去？许多个夜晚，在漆黑的窑洞里，我睁大双眼，听呼啸的风从沟川里刮过，听呱啦鸡在沟岔呱啦啦地叫，一声又一声。那时候，希望和忧虑遮挡着我的眼睛，使我看不见确切的明天。

“你能不能写写我？”她轻轻地这么说。“我想让人知道我，说不定会给我带来改变。我是这里山区的一个可怜女子。”

原来是这样。我看看太阳。

我说：“县上把库区移民户都安置过了，我帮不了你什么。”

她把两手放在胸前，手指头绞在一起，撅起嘴，看着我。

“我看出来你想甩脱我。唉，我这个人，不说了不说了。你衣服上的泥巴那么多，等干了揉一揉就掉了。”

她说完往旁边闪开一步，算给我让了道儿。我胡乱对她笑一笑，躬起腰慌忙赶坡。我没有回头，害怕她再追过来缠上我。我听见她嘻嘻笑了两声之后，有一声长长的叹息。

但是第二天，她又出现了。

“我等你哩，专门等你哩。”

她还是昨天的打扮，不同的是把头发束在了脑后，翘翘的，像一根山羊尾巴。我闻见她身上有一股香皂的味道。我把头扭向一边。

“你把我看不上眼是不是？”

我没有吭声，自顾登上一个高坎。她跟在我后面。

“我缠上你了，看你怎么办。”

我站住，很严肃地对她说：“到此为止吧，我有任务在身。”

“我忍不住么。我想在你们记者住的院子看看，沾一沾你们的好气息。”

我回到窑洞后把那扇用油毛毡钉合的木条门关上了。

第三天，在岔道那儿我没有碰见她，暗暗感到一阵轻松。可是，我怎么也没有想到，她居然站在我的窑洞门口等我。她背靠崖壁，初夏的太阳照着她，使她看上去格外鲜亮。她的酒窝里盛满阳光。她眨了几下眼睛，怯怯地望着我。

“我又来了么。”她这样说。“我想对你说几句话，行呀不？”

“你说吧。”

“你不要生气么。我想进窑里去，只对你说。你看，我不愿意让窑畔上的鸟看见。”

我犹豫了一下，让她随我进来。她打量了一阵窑洞，又摸摸写字板，然后，挨床沿半坐半站着，低下双眉。

“你不用怕我，我咋会缠你呢。过完这个夏天，我就要跟一个拐腿的男人结婚，给我哥换回个媳妇。我注意你好多天了，要不是修水库，我也碰不上你这样的人。你才是我睡梦中想跟的那种人。”

她仰起脸，眼里溢满泪水。

“我不甘心么。我想让你，第一个，看我。你把我看了吧！”

她迅速解开纽扣，张开了她的衫子。

我像遭到电击一样一阵眩晕。我眼前有兔子在跳，有蝴蝶在飞，有星光在闪。我两眼一片模糊。但是，我清楚地看见了她粉白、饱满、挺拔的美丽的乳房。啊，我看见了，在这孔凄凉的窑洞里，在我内心极度迷惘的时刻，她的乳房粉白、饱满、挺拔而且美丽。我啊地大叫一声。我感到我的灵魂升上了明净的高空。我冲出窑洞，对着沟川大叫：啊——啊啊！

……许多年以后，我重返那座水库。站在水库大坝上，越过茫茫水面，我判断出当年政工组院子的方位，对着那孔淹没在水中的窑洞，深深鞠躬。

阳峪岭上的太阳

伏天里的一个晌午，赵托娃到梅庄去见一个叫麻子六的人。他往鼻梁上架一副茶色眼镜，头戴一顶新草帽，大步流星，看起来一副前程远大的样子。其实，见不见麻子六都一样，反正他明天就要正式动刀子了。不过，按照双庙镇一带的规矩，还是去见一下那个人的好，因为不管怎么说，麻子六也是屠夫里的魁首么。但赵托娃今天扑了个空，麻子六不在村里，他家的头门上吊着一把大铁锁。

赵托娃站在梅庄街旁的树阴下，取下草帽一边扇凉，一边扭头四下张望。梅庄被太阳晒蔫了，街道像被洗劫过一样空空荡荡，连只鸡都看不见。好不容易过来一个人，仿佛烫伤了脚，走路一颠一晃的；他并不停下，点着两只脚斜着脖子上下打量赵托娃，且走且说："想耍刀子？好事情么。哦，麻子六一大早去阳峪岭了。快找去。"

太阳白晃晃，刺得人身上生疼。赵托娃在眼镜后面看见所有东西都涂上清凉的颜色，但眼镜却抵挡不住一浪高过一浪的热气。只要在太阳下，你就会有一种身临油锅的感觉，而且，四周还有某种声音轰轰作响。街道又干又硬，从村口那儿岔出一条小道，通向阳峪岭。

阳峪岭毕竟是个岭，虽说离太阳近一点，但到底风头高，野风吹来，带着些许凉意。尤其在那片树林里，浓阴覆盖，人走进去，如同钻进了地窖里，身上的汗马上就落了。赵托娃挥胳膊擦擦额颅，探着头搜寻麻子六。他想这个麻子六不愧是麻子六，进入伏天封刀之后跑到这么个好地方避暑哩。但是，寻遍树林，没有麻子六的影子。他又从头找了一遍，还是没有。

紧挨着树林的是大片大片的向日葵，它们一律昂扬着头，朝向太阳。向日葵的颜色太明亮了，如果不是戴着眼镜，赵托娃差不多会眩晕倒地。

向日葵地里密不透风，金色的葵朵又使劲吸收太阳的光芒，假如这个时候赶一头猪进去，说不定半个时辰就能拔毛哩。赵托娃跳出葵花地，心中疑惑，这个岭并不算大，麻子六究竟能躲到哪里去呢？他举目四顾，忽然看见南边一块裸露的坡地上,似乎有一个人蜷曲着肢体半躺在那儿。仔细看，却不像是一个人，再看，又真的像是一个人。

赵托娃站在了麻子六面前。眼前的这个人不禁让赵托娃大失所望。赵托娃没有想到，声名赫赫的屠夫麻子六怎么会是这么个、这么个样子呢。看着，他几乎赤身裸体，佝偻着腰背，把自己暴晒于太阳之下。看上去，他简直就是一堆摊在案板上卖剩下的烂肉。赵托娃往前挪一步，咽下一口干唾沫，不知如何开口。麻子六翻翻眼皮，看一眼赵托娃，又把眼闭上了。这儿没有风。六月天，太阳下，在阳峪岭一处光秃秃的斜坡上，两个屠夫见面后就这么沉默着。赵托娃再一次听见了那种轰轰作响的声音。现在他知道，那是太阳弄出来的。空中一只什么鸟突然“哇”地一声飞过去，让人不由得揪了一下心。

麻子六终于要开口说话了，因为他咳嗽了一声。赵托娃等待着。他把头扭向一旁，等着麻子六把喉咙里的痰吐出来。他想，那一定是一堆又黏又稠的令人恶心的黄痰。但他听见咕涌一声，麻子六将痰咽了回去。

“我今天一直在等。来的是你。”

“哦，你知道会是我？”

“不，我不知道是谁，反正会有一个人。”

“噢。”

“你知道今天是什么日子不？”

“六月初六。”

“我不想错过今天的太阳。一年中只有这一天猫不害冷。”

“哦，你害冷？”

“我关节疼，骨头里有寒气。”

“噢噢。”

“你吸一吸鼻子，说说太阳是啥味道？”

“太阳没有味道。”

“可我闻到太阳有一股血腥气。”

“大概因为你心里总这么想呢。”

“唔，也许是吧。你来见我，真的打算一辈子当屠夫？”

“人要吃肉，离不开屠夫，因此你受到人们的尊重。”

“我不这么看。你不再想一想？”

“我想好了。我要做一个像你一样的屠夫。”

“哦？我劝你再想一想。”

赵托娃朝远处看去，不做声。麻子六把自己的双手伸到眼前看了看，又放到鼻子下嗅了嗅，然后发出一声怪笑。

“我告诉你这几天我想了些啥。我想的是：我这一辈子到底活了个啥呢？按说一个耍刀子的人不该想这样的事情，可是我想了，是在树林里的阴凉下想的。一个人杀生无数，浑身血腥，他还活个啥呢？我给我摇了摇头，后来就挪到这儿来了。太阳能晒掉我身上的血腥气。今天看见你，我拿定了一个主意。”

赵托娃往后退了一步，他感到浑身在哆嗦，双腿也有点发软。他说：“你不用这么想。你不能这么想。你真不该这么想。”

“我想把我的血放了，让太阳彻底晒干。”麻子六轻轻这么说。

赵托娃不由得又往后退了一步。他明白此刻他正在经历天底下最可怕的事情。汗水停止流淌，像冰条一样凝固在身上。

麻子六说：“你到现在还没有摘下眼镜。把草帽也取下来，让我看看你能不能成为一个好屠夫。”

赵托娃摘镜脱帽之际，嗖地一下，他腰间的屠刀已攥在了麻子六手中。接着，他听见噗地一声钝响。他看见天空一片漆黑。他看见太阳如同太阳下的向日葵一样灿烂夺目。

哀 伤

那个坐在墙根下晒太阳的老妇人怀中抱着一只小狗。狗的脸如同老妇人的脸一样悲戚。冬天的太阳惨淡无光，散发出一种枯朽的气息。

老妇人形如空囊，一双被干皮拥裹着的眼睛直直地看着前面。她凝坐不动。

老妇人的嘴唇蠕动了几下，又蠕动了几下。狗抬头看了看老妇人，大概只有它才能知道老妇人在说什么。

春妮，妈在等你。妈坐在太阳下等你回来。妈的心疼病又犯了。你寄给妈的钱妈藏得牢牢的，你看，妈把它藏在肚兜里。你说，妈咋不拦挡你呢，怪妈错吃了一口屎。你说去南方挣钱，妈说，噢。你就去了。妈咋能知道工厂会爆炸呢？我娃，妈连你的尸首都没见着。妈一天只喝几口水，冰锅冷灶的。太阳也没啥热气。我昨晚梦见你爸了。你爸叫我跟他走，我说，我等咱春妮回家哩，你个老鬼你走。春妮，你还没活人呢。人说啥都得活着。就说我，刚从保当村嫁到梅庄那阵子，你那不成器的爸，样样事不行，只好一件，大中午的，我还是个面手，他就拉我进房子。他还扇我，天天糟践我。妈那时真受不了你爸，想走绝路，但妈没有。妈不跟你说这些了。人说啥都得活着。我娃，你咋那么不灵醒呢？你感到不对头就撒腿跑么，最多伤一条腿。妈养你，妈喝西北风也能养活你。他们给了一些钱，我扔在腌菜的坛子里了。妈只装着你寄的钱。我娃，你回来，妈给你换身新衣裳你再走么。还有这狗，是你抱回来的，妈给你喂着。妈不吃不喝也要喂它吃饱喝饱。

老妇人眼角滚下两颗浑浊的泪，丑陋的手掌僵硬地捋着狗毛。

狗，老妇人说，俯下身子，对着狗耳朵。你能把我春妮叫回来，就是你。

去，叫咱春妮回来，就说我在太阳下等着她哩。

老妇人用力推开了狗，扬起手说，去，叫去，叫回来我给你吃大肉，叫不回来我吃你的肉。我等着。

那时，太阳依然苍白无色。

叫魂

大约半夜时分，梅金砖被他婆娘杨菜花弄醒了。梅金砖迷迷瞪瞪说："我还没歇过劲来呢。"杨菜花声音异样地说："你听。"梅金砖转过身去没有搭理。杨菜花说："就在头门墙拐、拐角那儿。听，呜呜呜，谁家的狗、狗在哭哩。"梅金砖说："睡得好好的，你听它干什么？"杨菜花说："你耍牌回来得晚，我等你等不到，临睡前把两碗剩菜汤全喝了。我让尿憋醒了么。那声音往耳朵里钻，我没有办法不听。"梅金砖侧耳听了听，说："大概是猫。猫经常在半夜里咬春胡叫哩。"杨菜花说："猫叫是喵呜声，狗哭是呜呜声，不一样。你听。"梅金砖认真听了一会儿，然后说："睡。"杨菜花说："我不敢睡。你不害怕？"梅金砖说："我？你老爱疑神疑鬼。"杨菜花说："不出三天，要出事情呢。咋办呀啊么？"梅金砖说："出事情？"杨菜花说："狗哭过的地方，一定有事情。"梅金砖说："谁说的？"杨菜花说："我小时候听我妈说的，一直没经见过，今晚碰上了。" 梅金砖半天不吭声。杨菜花说："咋熬到天亮去呀么？"

天总归是要亮的。天一亮，太阳红堂堂地照在房顶上，夜间的一切恐惧和不安统统消散了。杨菜花到头门外面看了一趟，回来后很欢喜地说："虚惊一场，没有狗爪子印痕。也许我晚上听岔了。"那时，梅金砖闷坐在炕头，一条衣袖穿在胳膊上，另一条耷拉在一边，望着窗户出神。他说："我上午还是给猪割草去。"杨菜花说："绳和镰刀在老地方搁着。"

梅金砖走出家门，好像摆脱了压抑似的长出一口气。他抬头看看天空。天空是蓝的，飘浮的几朵云是白的，鸟在电线上喊喊喳喳鸣叫。他又眯眼望一望太阳，沿着一条窄窄的小路朝阳峪岭走去。那儿青草茂盛，有一种叫猪胖蹄的，不拌料猪吃了也能上膘。

可是没多久，梅金砖空手回来了。他看上去蔫头耷脑，一屁股坐到台阶上，将绳子和镰刀丢到一旁。

“已经出事了。”他这样对杨菜花说。

杨菜花大吃一惊，双手按在胸口，嘴张得老大，却没有发出声音。

“赵托娃说他家的鸡下了一只怪蛋。”

“噢！”杨菜花说。

“当然，这跟咱无关。邪气的是，我走着路，空中飞过的一只鸟拉屎拉在了我额颅上，铜钱那么大一滩子，偏偏掉在我额颅上。日他妈！”

“噢！”

杨菜花又这么叫了一声之后，突然意识到并没有发生什么可怕的事情，马上就不那么紧张了。她甚至龇牙一笑，很轻松地对梅金砖说：“我看你也疑神疑鬼的。全碰巧了，没有啥。”

梅金砖摇一摇头，依然心事重重。他说：“谁知道后头会怎么样呢。”

“太阳红堂堂，把不好的事全晒没了。”

“你说，晚上听见狗哭，一大早邻家的鸡下怪蛋，鸟拉屎又拉在我头上，这到底是什么兆头呢？”

杨菜花说不上来。她双手绞来绞去在院子里转了一圈，还是说不上来。她出主意说：“咱在头门口放一把火，燎一燎，把晦气烧跑，行啊不？”

“不顶用。”

梅金砖一直坐在台阶上。他的样子很痛苦，眼睛是直的，盯着界墙的墙壁半天一动不动。

“这咋办呀啊么？”杨菜花说。

“我不知道咋办呀。我一点办法都没有。”杨菜花说。

杨菜花走到梅金砖跟前，低下头说：“你身上啥地方不舒服？”

“噢。”

“你觉得脑子清楚不？”

“噢。”

梅金砖说话越来越少了。傍晚，杨菜花推一推梅金砖的肩膀说：“你要牌去，我今天不拦挡你。我再给你五块钱，你找梅东朝、张百胜他们要去，放开耍，输了没关系。”梅金砖说：“噢。”但他不挪身子。天黑尽以后，他们回到屋子里，彻夜竖着耳朵听有没有狗哭声。

天又亮了。梅金砖坐到院子里的一块石头上，对杨菜花说：

“你给我叫叫魂。”

“叫魂？”

“叫魂。”

“你又不是十二岁以下的小孩，给你一个老大老大的人叫魂？”

“叫。”

“旁人会笑死呢。”

“他们没遇上这样的事。”

“真的叫？”

“叫。”

杨菜花去梅二家借来一面小铜锣，在太阳正午的时候开始叫魂。她咣咣咣敲几下锣，喊一声：“梅—金—砖—哎——”梅金砖应一声：“噢—噢——”杨菜花再喊一声：“你—回—来——”梅金砖应一声：“回—来—咧——”

咣，咣，咣。

梅—金—砖—哎——

噢—噢——

你—回—来——

回—来—咧——

……

这一天，梅庄全村人都听见了令人不安的叫魂声。

回　家

五婆坐在炕上对着窗户看了一阵子，自言自语说，节令快到谷雨了，天气好得很么。她往手心吐了两口唾沫，仔细地抹到头发上。她的头发几乎脱光了，但她每天早上还要抹些唾沫，让它们变得光亮。五婆站到院子里喊她的儿子梅二过来。

"妈今天要回家。"

梅二认真看了他妈一会儿，说："妈你晚上是不是没睡好？我马上搬椅子，你坐到小卖铺门前打盹儿晒太阳。"

"我要回家。"

"这……这不是你的家吗？"

"我想回一趟保当村，回我娘家，我的老家。"

"妈你看你说的。我外婆家啥都没有了，你没地方落脚。"

"天气这么好，难得天气这么好么。妈知道，你也知道，妈怕迈不过八十四岁的坎儿。"

"妈你看你说的。"

"妈二十几年不回保当村了，妈只想去看一眼，心就净了。"

梅二瞅瞅院子里的架子车，对他妈说："妈我拉你去。"

五婆说："我不。我不坐车子，我要一步步走到保当村。"

梅二挺为难。梅二在地上顿一下他的跛脚说："妈呀这不行呀妈。"

五婆说："妈不是有意给你出难题，妈知道你是个孝顺儿。你今年都六十七岁了，妈咋能为难你呢。你过去为生产队打井把脚弄伤了么。妈能掂量来自己，当年缠脚没下工夫，倒好有半大不小的一双脚，十里路，妈能走到保当村。去，你经管小卖铺去，妈走呀。要是在闭眼以前不回保当村看看，妈闭不上眼。”

现在，五婆走在从梅庄到保当村的路上。

这是一条弯曲起伏的土路，窄窄的，直接通往保当村。大路在另一边，跑摩托和汽车，不过得绕一个很大的弯子。路两边的麦苗已经孕穗，油菜花正在盛开，绿色的麦田和金色的油菜花铺天盖地，小路夹在中间像谁用刀子在一整块花布上划破的口子。五婆眯眼看了看太阳，对自己说，我不急，我慢慢走。

五婆慢慢地走。这条路，就是在这条路上，一头灰驴把她驮到了梅庄，此后，从梅庄到保当村，她来来去去不断地走啊走，突然就过了一辈子。人的一辈子啊，啊啊啊。后来，保当村没有了亲人，她不再脚踏这条路了。可是，在梦中她仍然是走来走去的呀。我经常梦见老屋北面的高墙，五婆说，墙内种庄稼，墙外种苜蓿，夏天苜蓿开紫花，我掐一朵戴到头上。五婆摸了摸她顶着一方手帕的头皮。哎，人的一辈子呀，五婆说。她想起五月端阳节来了。节前头一天，她跑到阳峪岭的沟坡上，割一大捆艾蒿，插遍所有门窗，然后站到当院里，闻着香幽幽的味道，拍手说，好好好，灾祸不得降临，疾病不得缠身，百虫不得侵害。那时候，五婆以为，天下每个人都会长命百岁哩。五婆记得，她六十岁那一年，父母双双下世，不久，哥和嫂也先后撒手西归，再也见不到他们了。人死如灯灭啊，五婆说。她感到鼻子有些酸。我想唱《女看娘》，五婆说，她就用喑哑的嗓子唱起来：“三月里来女看娘，还有一日忙，锄地搂草缝衣洗浆，娘啊，有空一定去看娘……”娘啊，五婆说。她的呼唤被田野上空的风带走，没有回声。

前面就是阳峪岭了。这是五婆格外熟悉的地方。许多细碎的事情都与阳峪岭有关。她在这儿的崖畔上打过樱桃，当然，还有另一个人做伴。但她现在想不起那个人的模样了，只记得他手握竹竿时的样子，他一蹦高，腰里露出一条红裤带，只有那么一次。夏天，她途中在阳峪岭的一孔烂窑洞里躲过雨，雨后天空出现彩虹，好看死了，她只能在窑门口看，不敢用手去指，不然手指头就黏在一起分不开了。有一回，她想试一试，但胳膊抬了一半又缩下去了，如果手指真的黏在一起可怎么办呀？呵呵呵。

五婆想歇一歇。她累了，麻秆儿一样的腿隐隐有些疼。她走到路旁的斜坡边，踏出一小块平地，坐下来。她靠住斜坡，半躺着。在这样的季节里，太阳已经热烘烘的了。五婆看见，眼前的坡梁上头，金灿灿的油菜花上头，有一层雾气在流动，所有的东西都变得像做梦一样。她听见空气行走的声

音，听见麦子和油菜吸收阳光的声音。五婆解开衣襟，听见她自己的声音：我看看我呀。五婆瞅瞅周围，没有一个人，很多蝴蝶在油菜花间飞舞。我这么老了，我不怕谁看见，她说，蝴蝶爱看你看去。她按了按肚兜，她一辈子都穿肚兜，肚兜让她的肚子不会轻易受凉。肚兜的夹层里装着一些钱，是她儿梅二和孙子梅东朝给的。她把它们带在身上，用塑料纸裹着，以防被体汗弄湿。五婆看自己的胸。她双手托着乳房上下掂了掂。她抓了一把。过去，它们曾经多么饱满啊，现在，那么好的东西皱了，瘪了，蔫了，像挂在胸前的两嘟噜烂抹布。女人的一辈子啊，啊啊。我想哭，五婆说，我现在想哭一场。她再次朝四周看看，委屈得撇起嘴唇哭起来。哎咳咳咳咳哎哎我的我呀哎哎人的一辈子呀哎咳咳咳我今天呀么回家么哎咳咳娘的女呀哎哎我的我呀么哎咳咳。

五婆不哭了。她站起身，揉揉眼睛，抖了抖土。她伸脖子一看，保当村就在眼前哩么。

我回家了。五婆说。

从今往后我心安了么。五婆说。

可爱与可恨之间的真实

——黄建国小小说创作论

陈水清 刘天平

“五四”时期，鲁迅先生在对稳态的中国乡土社会结构进行哲学批判的基础之上，开创了拯救国人魂灵的主题疆域。光阴荏苒，在底层文学再度繁衍的九十年代，西北作家黄建国坚持用他自己的方式——小小说和短篇小说来继承鲁迅先生未完的心愿，再现底层各种形象，用文化披露国民劣根性，试图改造人性异化的局面。黄建国认同并执行克莱夫·贝尔的小说意味论。本文就他通过小说披露国民劣根性的艺术特色，尝试体会其笔下的底层人物的各种丰富意味，主要从语言、结构、情节、视角四个方面进行阐述。

一、暗示性本色语言

小说的语言个性决定着小说的存在个性。黄建国的作品语言既有着典雅的气息，更多的则是乡俗的话语，透出陕西农村的生活气息，形成独特的语言个性。他的小说仿若农民语言的纸面化，而正是不经意间的畅叙，我们看到了黄建国“在日常性中揭示存在的真相”，他的语言充满了暗示意味。

首先，黄建国常常通过平实质朴却充满人性张力的语言描写人物行为心理。中国农民血管里流动着的是各种愚昧的“精魂”，如同变异了的血小板，严重影响着人体健康。《邻居》将贫农“仇富”心态如同心电图般清晰地刻画出来，特别是梅金砖爬上墙头偷看时，“这样做虽然有些见不得人，但在梅金砖看来，如果不被发现，就跟没做一样……”作者眈着犀利的眼球审视农民，穿透质朴的表面，一笔一画，在短短的篇幅里描绘了农民丰富的心理形态。

其次，人物搭错线的对话不容忽视。如《树阴》里的康来与麻子六的心不在焉的“交锋”，一系列极具陕西地区农民特色的话语，错位的对话形成跳跃式的开放性结构，表现了农民的一种心态：恨不得别人过得比自己差。黄建国的独特在于本色的语言、真实的描叙，从一人一事影射了千千万万人与千千万万事。从这些作品中，我们看到他在从人格批判到文化评判的路上蹒跚前行，更随着他的思路深刻反省现今社会底层的许多深刻的问题。

另外，黄建国还能将雅俗融合，让两种语言风格自然形成对比，加深对现实的体验。在《哀伤》里，作者通过主人公本色、粗俗的话语，与成熟的、典雅的文学语言所作的描写形成巨大反差。“你说，妈咋不拦挡你呢，怪妈错吃了一口屎。”这是老人自责的话，作者写出了真实的存在。“老妇人形如空囊，一双被干皮拥裹着的眼睛直直地看着前面。她凝坐不动”却是一个冷峻干脆的描写，暗示着老人的孤苦伶仃、了无生机。如此，黄建国探索了一个新的小小说写作法，更表现了当今社会转型期下产生的一种新的痛苦。

作者深谙小说语言的魅力在于个性与韵味，他继承了鲁迅的历练，用充满张力的本色语言，构成开放性的艺术境界。雷达就这样评价黄建国的作品，“在简约的人物和事件的叙述中，去抵达人性的深层，揭出平淡背后的沉重、固执、愚昧、荒诞等不可名状的内涵”。他开创了具有自己独特文风的语言艺术。

二、内隐性冰山构建

格式塔心理学家认为：健康的人面对一种不完全或者空白格式塔刺激物，就会在知觉中情不自禁地产生一种急于要改变它们并使之成为完美结构的倾向，从而引起一种进取、追求、充满紧张的心理活动。黄建国深受鲁迅、海明威等人的影响，一意遵循“冰山理论”，提供极为有限的情境，却总让读者感觉到潜藏的更庞大的部分。

悬而迟决。黄建国善于打乱叙事顺序。在《最后一只红富士》中，作者将主人公设定在“迷狂”状态，一意孤行地写他似乎是为了最后那只苹果而虐待并杀害了那条忠实的狗！然而最后一句“后来，在满天星光下，他开始一棵挨一棵锯树”让人恍然大悟，原来主人公才是最清醒的，只是到了那个坎上，人过不去，狗也过不去。这就造成悬而迟决的效果，造就了经典的空白，并通过具体细节表现了农民因跟风所要承受的经济损失、劳动力损耗和精神负担等沉甸甸的失落感以及厚重的绝望感。

余音绕梁。余音绕梁，三日不绝。黄建国常常通过构建一些不具体的架构或者变化的重复，引人反复玩味。《梅庄的某一个夜晚》选取了梅庄一个普通的夜晚，家家户户上演着不同的故事。贿赂成风、村官压人、愚昧无知、低级趣味等“百丑”同台上演，配音是张广满大声唱和着相应的戏文。作者爱不成，恨不得，只有通过文学反复披露种种在现代文明冲击下的传统落后文化的荒唐。

耐人寻味。在作品里，作者总会安排一些耐人寻味的话语来完成整篇的构建，使得作品充满情感张力。《教育诗》写了温情脉脉的两爷孙之间看似和睦却存在代沟的交谈，老人絮絮叨叨，望孙成龙，结尾处笔锋一转，“但是，爷爷没有立即回家，爷爷站在那里，仰起头，把学校很严肃地打量了一阵子”。作者在这设置了一个耐人寻味的空白，此时无声胜有声，让读者去充分发挥自己的“修复能力”。

欲抑先扬。欲擒故纵、欲抑先扬是很多小小说家常用的手法。《好牛》里描写来发对牛态度大转时，作者诗意地把牛比作“一尊佛”，与兴奋的主人来发形成剧烈的对比。大段描写来发兴奋的情境不禁让人疑惑：接着下来会有什么事情发生呢？作者欲抑先扬，写来发最后哀叫，与前文称颂声中耳根发热迥然相异；写来发的爱，事实上是他的虚荣害了那可怜的牛。

小小说以小见大，由点及面，谋篇中的空白设置决定着文章的成败，空白是提升文章意境层次的关键。纵观黄建国的小小说，正如沉在大海里的冰山一样，只是初露端倪，只让读者自己去揣测和再创造，去寻找隐藏的那四分之三。

三、“三然”性转折情节

无论是素材的获得，还是作品的结构，黄建国都提到了：“‘突然’真是一个好词，很朴实，很常见，却使一篇小小说具有了丰富多样的可能性。”他突然的逆转却显得有节制，于平淡朴实中见惊奇，彰显了他的真实，又构成开放性的结构。我认为其作品中“突然”占了80%，另外的20%则是“释然”，而作者所缔造的一切，是为了终极的“坦然”。如《最后一只红富士》中悬而迟决的突然逆转，并没有刻意地制造爆炸性的结局，只是那个极其现实又无奈的起因，使整篇作品表现出深刻的悲情色彩，我们惘然，然后释然，而作者则是在追求属于他的坦然。

突然。《一个玩笑》是一篇成功运用节制逆转的作品，即接近真实存在的逆转。文中张一、王二唯恐天下不乱，为了开玩笑而无端惹事，最后顺理成章由“开玩笑”逆转到反面“不是玩笑”，不知不觉中使事情发生了质变，表现了普遍存在于国民中的麻木愚昧的心态。

释然。黄建国也有少数表现农民温情的作品，让我们有了豁然开朗的感觉。《打嗝》是一篇典型的跳转性作品，先是主人公身份变化，由借出钱者变作借入钱者；而后是态度的转变，由不肯出借变成主动借出，发生了质的变化。作者并没有被“突然”牵绊，又成功打破死板的藩篱，欲擒故纵，表现了好人难做的尴尬，也褒扬了同情他人的情怀。

坦然。在黄建国少数浪漫主义的作品里，我们看到了“坦然”的端倪。《没有情节的故事》里的李大嫂情愿自己困窘也要善待邻居，他们能坦然地面对生活，不龌龊，不卑不亢，悠然自得。

然而绝对的“坦然”并不在此层面上。我认为作者运用所有的突然和释然都是为了得到百分之百的“坦然”，是试图通过文化批判来提高底层素质、优化小农意识、改善国民禀性而作的努力。

小小说是立意的艺术，这决定了小小说必须具有错位的蓄发式结构和出人意料的转折式结尾。然而能做到像黄建国这样，逆转节制如同曲折却顺畅流转的河流，适时而至，适时而止,适事而来,适意而顿,又有几人。黄建国作为一名出色的“底层叙述”的代言人，发自内心对底层人民的终极关怀，更是不可多得。

四、交织性“真”视觉

根据刘旭的观点，底层差不多是处在“失声”状态。黄建国十分熟悉农村、农民，也很了解城市平民，深重的忧患感使他具有强烈的“底层意识”，这为他准确把握当代底层人物的心理奠定了基石。他普遍采用了内外交织的视角观照生活，零度地介入，从而更直接地促就了开放式艺术结构的生成。他较完美地撬开了底层“平民文学”的堡垒。

首先，黄建国基本上都采用第三人称的视角，选取最典型的情节和细节，为读者列出一道道多解而又难解的人生方程式,召唤读者从各个向度去进行索解。《梆子他妈和梆子婆娘》通过媳妇曹麦索的心理活动，从侧面刻画了婆婆邋遢、肮脏、贪吃、怨恨媳妇的赌徒形象。而《陌生人到梅庄》则是讽刺喜欢瞧热闹的无聊村人。马堂与那帮唯恐天下不乱的无聊之徒形成鲜明对比，使文本形成开放的艺术结构。作者仿若说书人，讲了一个真实的故事，很平实，没有腥风血雨，却是要彰显人性的魅力，听众只需独个品读其中的滋味。

其次，某些刚洗干净泥腿子的处于社会底层的城市居民，一方面长期接受着农民文化这一中国主流文化无孔不人的浸染；另一方面，他们并非“贵族”血统，身上保留着农民文化的许多成分。《如何打死一只苍蝇》里通过刻意的夸张来反映生活中某些人本末倒置的愚昧。黄建国作为时下知识分子的一员,能入乎其内,刻画典型的迂腐的当代知识分子的心理活动，又从那个角色中脱离出来，清晰看到他们身上过于清高和缺乏现实感的实质，于作品中揭露得淋漓尽致。

美中不足的是，黄建国的作品现代性还不够强，描写新旧文化冲突的力量不够；他较常用极端的方式——死亡来表现沉重，使作品的主题略显单一。其多数作品表现了他与故乡、与底层割舍不断的情感，带着某种宿命论的观点，具有某种悲情色彩。他坚信文学对于社会有疗伤的作用，尽管是缓慢的、潜移默化的。如他答记者问时所言：“在情感的深处我用悲悯这样一个词儿也可以，是一种更深层次的热爱。”他保持着永远的批判精神，睁着清醒的、悲剧性的眼睛，继承鲁迅先生的事业，一肩挑起，就不曾放下过。

图书在版编目（CIP）数据

金麻雀获奖作家文丛. 黄建国卷 / 黄建国著. -- 广州 : 广东世界图书出版公司, 2011.4
ISBN 978-7-5100-3318-6

Ⅰ. ①金… Ⅱ. ①黄… Ⅲ. ①小小说—小说集—中国—当代 Ⅳ. ①I247.8

中国版本图书馆 CIP 数据核字(2011)第 041634 号

金麻雀获奖作家文丛　黄建国卷

主　　编： 杨晓敏　刘海涛　秦俑
策划编辑： 陈名港
责任编辑： 张梦婕
责任技编： 刘上锦
封面设计： 柳国雄
出版发行： 世界图书出版广东有限公司

（广州市新港西路大江冲 25 号　邮编：510300）

电　　话： 020-84451013
http：//www.gdst.com.cn　E-mail：pub@gdst.com.cn
印　　刷： 茂名市广发印刷有限公司
经　　销： 各地新华书店
开　　本： 787mm×1092mm　1/16
印　　张： 13.5　字数 126 千
版　　次： 2011 年 5 月第 1 版
印　　次： 2011 年 5 月第 1 次印刷
书　　号： ISBN 978-7-5100-3318-6/I・0232
定　　价： 29.00 元

如发现印装质量问题影响阅读，请与承印厂联系退换